西藏民间故事经典

西藏：阿古顿巴的故事

XIZANG AGUDUNBA DE GUSHI

李钟霖　译

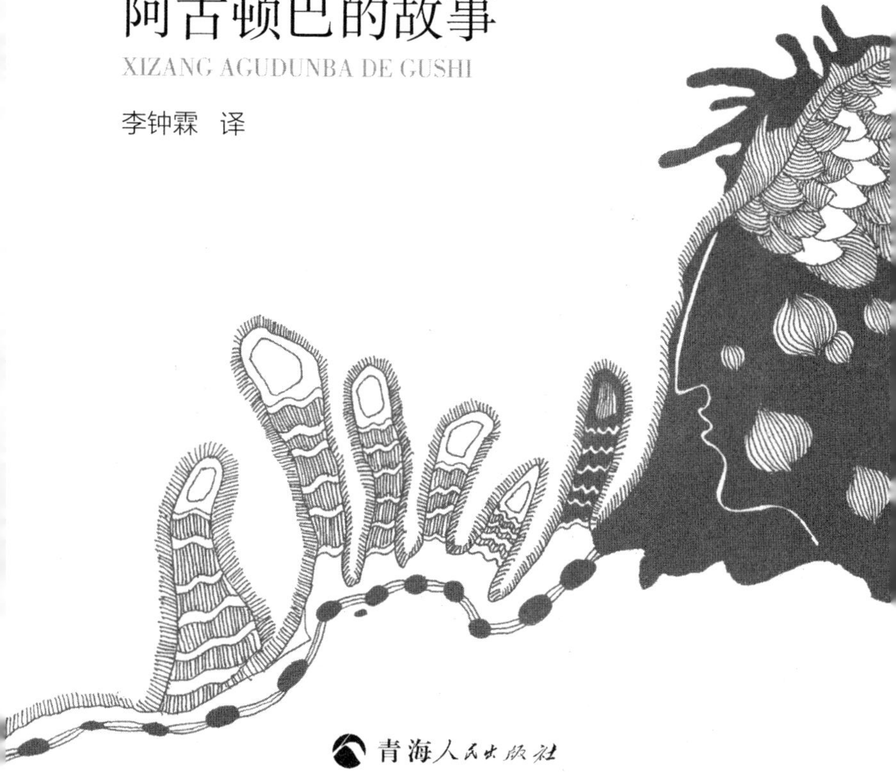

青海人民出版社

图书在版编目（CIP）数据

西藏：阿古顿巴的故事 / 李钟霖译. -- 西宁：青海人民出版社，2019. 7
ISBN 978-7-225-05783-5

Ⅰ. ①西… Ⅱ. ①李… Ⅲ. ①民间故事—作品集—西藏 Ⅳ. ① I277.3

中国版本图书馆 CIP 数据核字（2019）第 163179 号

西藏：阿古顿巴的故事

李钟霖　译

出 版 人　樊原成
出版发行　青海人民出版社有限责任公司
西宁市五四西路 71 号　邮政编码:810023　电话:(0971)6143426(总编室)
发行热线　(0971)6143516/6137730
网　　址　http://www.qhrmcbs.com
印　　刷　青海雅丰彩色印刷有限公司
经　　销　新华书店
开　　本　787 mm × 1092 mm　1/32
印　　张　5.25
字　　数　90 千
版　　次　2019 年 10 月第 1 版　2019 年 10 月第 1 次印刷
书　　号　ISBN 978-7-225-05783-5
定　　价　26.00 元

目录

割官员脑袋

从前，藏北地区有个自称是亲政廉明的“父母官”的人，其实，当地老百姓没有一个不憎恨他的。

一天，这位官员想到府外面去游玩。当他走出家门时，府邸里的大小管家紧随其后，嘈杂之声不绝于耳。

当日，天高云淡，晴空万里，骄阳照射四周雪山，山麓下茂密的森林披上了金光灿灿的外衣，依山而建的百姓居住的村落沐浴在金色的晨光下，一道弧形彩虹高悬于空中，整个山村犹如一幅水彩画，美不胜收。

这位地方官员正站在高处回望自己的府邸，猛然发现府邸因建在山谷里边，大山遮住了阳光，致使府邸变得暗淡无光，心情大为不爽，游兴顿失。于是，命令随行的大小官员乘马打道回府，并立即严令百姓限时移走官府后面的大山。

官员的命令像晴天霹雳，吓得老百姓惶恐不安，纷纷议论，如此高大的山何时才能移走？可是，不按官员的命令挖掉大山，老百姓子子孙孙都会遭到杀戮啊！大家商量再三，有人建议去找阿古顿巴出个主意。

大伙儿来到阿古顿巴家，异口同声地说道：“亲爱的阿古顿巴，官员命令我们把他家后面的大山移走，您可有良策来完成这项艰巨的任务吗？”

阿古顿巴说道：“我能有什么良策呢，挖掉这一座大山，还要在别处堆起另一座山，山无论在什么地方都会遮住旁边的阳光呀，我们不能为他移山！”

有个人说道：“官员已经限时要我们把大山移走，否则就要杀掉我们大家！”

阿古顿巴盯着这位忧心忡忡的人说道：“今天天气这么好，又不下雪，你愁眉苦脸干什么呀？这座大山别说我们这辈子移不走，就是我们的子孙后代也挖不完啊！依我看，把官员的脑袋割掉最省事，你们看怎么做容易就怎么做吧！”

大伙儿经过充分讨论，都觉得阿古顿巴的主意最好，便异口同声地说："走，去割官员的脑袋！"于是，在阿古顿巴的带领下，全村的百姓围住了官府，杀掉了这位凶神恶煞般的地方官员。

偿还粮利

有一年，德庆地区天气恶劣，久旱不雨，遭遇百年不遇的旱灾，发生了严重的饥荒，受灾的老百姓纷纷背井离乡另谋生路。阿古顿巴看见村民举家外出讨生活，便挺身而出，劝说大家千万不要离家去逃荒。他对大家说："乡亲们，饥荒之年到处都一样，如果盲目地离家出走，今后就很难返回故里，与其弃家而逃，还不如下决心到庄园主家去借粮度过灾年为好啊！"

大家听了阿古顿巴的劝说，觉得很有道理，但又想到在以往正常年间借贷庄园主的粮食时利息就很高，而如今遇上了灾荒，庄园主知道我们颗粒未收，若借他的粮食，其高昂的利息谁能负担得起呀？

阿古顿巴为解除乡亲们的担忧，便说道："关于借粮产生的利息由我替大家偿还，请大家不要担心。"

阿古顿巴独自来到庄园主家里，要求庄园主借粮让穷人度过灾年。可庄园主一听他要借这么多粮食，便推辞说："哎呀，我也没有多少存粮，但也不能眼睁睁地看着大伙儿挨饿受罪，百姓遇难，我理当出手帮助。不过，大灾之年，粮贷的利息高啊！"

阿古顿巴回答说："只要庄园主阁下肯借粮给百姓，就是我们穷人的福气，至于粮贷利息你说了算。今年我借你的'卓'（小麦），明年我一定用'卓'（舞）来偿还利息。"

庄园主一听，满心欢喜，心想："今年放贷，明年连粮带利一齐收回，何乐而不为呢？"于是，爽快地答应借给大家粮食。

阿古顿巴把所借的粮食打包驮运到村子里，挨家挨户地分给了缺粮户。

到了第二年秋收时，庄园主派家中豢养的狗腿子找到阿古顿巴说道："喂，阿古顿巴，'卓'（麦）准备好了没有？"

阿古顿巴笑嘻嘻地回答说："管家您辛苦了，您去转告庄园主大人，我阿古顿巴向来说话算话，明天我一定拿上'卓'（舞）到府上连本带利偿还。"

第二天,阿古顿巴特意身穿崭新的氆氇大氅,脚蹬彩靴,发辫上扎红色丝线，骑着一头骡子前往庄园主家。当来到庄园门前便高声喊道:"债主大人,阿古顿巴来给您偿还'卓'（舞）来了，请您出来验收吧！"

庄园主听到阿古顿巴的呼唤声，立即叫上几个仆人来到大门外，只见阿古顿巴盛装打扮，笑容满面地站在门外，但不见"卓"（麦）在哪里。心想："他既然是来还粮债的，那运粮的人一定在后面还未到来呢。"

阿古顿巴看见庄园主走出大门，便迎上前去，口诵吉祥祝词,手舞足蹈地跳起了欢快的"卓"舞。颂词吉祥动听，舞姿优美动人，庄园主高兴得连连喝彩。这时，阿古顿巴突然停下来对庄主说道："大人，现在我该回去了。"

庄园主听了一改欢颜，横眉竖目地对阿古顿巴说道："喂，阿古顿巴，你还没有偿还债务，怎么能说回去呢？"

阿古顿巴回答道："债主阁下，我刚刚不是还清了吗？您怎么能说没还呢？"

庄园主莫名其妙，四处张望，问道:"你还的'卓'（麦）

在哪里呀？”

阿古顿巴知道庄园主还没有弄清“麦”和“舞”是同音不同意，便又马上唱歌跳舞表演了一番后说道：“债主阁下，现在加倍偿还了债务，您该满意了吧？”

庄园主又往四周看了看，仍然没有发现“卓”（麦）。便问阿古顿巴道：“喂，阿古顿巴，你只是在为我唱歌跳舞（卓），敬献颂词，却根本没见偿还的‘卓’（麦）在哪里啊！”

阿古顿巴哈哈大笑起来，说道：“你们富人真是记性小忘性大，去年我向您借粮时就清清楚楚地告诉过您，今年我一定用‘卓’（舞）来偿还利息的呀！”

庄园主这才恍然大悟，原来自己把阿古顿巴说的“卓”（舞）误听为“卓”（麦）了，马上横眉怒目，大发雷霆，斥责道：“我是让你来还麦子的，没有叫你来跳舞啊！”气得庄园主差点晕过去，只得吞下阿古顿巴运用智慧熬制的这碗“汤”。

驴奶酥油

土司老爷家丢失了一头牛犊，好长时间都没有找到，便对百姓横加指责。为了补偿牛犊的损失，土司老爷派遣狗腿子威逼属民在三天之内，每家每户都要给土司缴纳三斤酥油，否则，要受到更加严厉的惩罚。

阿古顿巴和大家一样家贫如洗，除了一条腰带外再无一件值钱的东西，哪里还有多余的酥油交给土司老爷呢？他一个人坐在家里闷得慌，便来到大门外散散心，忽然发现土司老爷悠闲地坐在自家明亮宽敞的窗前晒太阳。阿古顿巴不见则罢，一见便怒火顿生，越看越生气，愈想愈憎恨。突然间一个戏谑报复土司老爷的计划产生了。于是立刻转身回家，领上自己的儿子前往土司老爷家。他把儿子领到土司老爷家开有向阳窗户的围墙根下，一面假装揍儿子，一面放开嗓子骂道："你这个懒小子，只顾玩耍，不好好放驴，驴奶全让驴驹给咂光了，一滴奶都挤不出来了，拿什么打酥油呀？没有酥油，给土司交什么？不是土司老爷的管家逼着交酥油，阿爸才舍不得打你啊！"

这时，坐在向阳窗前晒太阳的土司，目睹了阿古顿巴打儿子的情景，听闻了阿古顿巴斥责儿子的话。

第二天，土司老爷打发管家把阿古顿巴请到府上问道："阿古顿巴，昨天你为啥打儿子呀？"

阿古顿巴轻声轻语地回答道："我这孩子既懒惰又贪玩，做事不认真，整天懒洋洋地躺在草滩上睡大觉。"

土司老爷听了阿古顿巴的解释后，脸上好像被蜜蜂蜇了一下痛在心上，便假惺惺地说道："大人打小孩，就是以大欺小，以强凌弱，这个道理你不懂吗？阿古顿巴，你到底为啥打儿子呀？"

阿古顿巴不慌不忙地解释说："昨天我再三叮嘱儿子要好好放驴，可儿子太贪玩，结果驴奶全叫驴驹给咂干了，这让我到何处去找献给土司的酥油呢。"

土司老爷骤然站起身来吃惊地问道："啊啊，你是不是向来用驴奶打酥油啊！"

阿古顿巴低声回答道："土司老爷，实在对不起，我没有挤奶的牦牛，不得不用驴奶打酥油呀！"

土司老爷装作高兴的样子说："不用害怕，请你说说看，驴奶酥油香不香？"

阿古顿巴故意装出悲伤的样子说道："土司老爷阁下，穷苦人没有牛奶打的酥油，不得不吃驴奶酥油啊！"

土司老爷又问道："难道你以前上交给我的酥油都是用驴奶打出来的吗？"

阿古顿巴仰起头看见土司老爷非常生气，就立刻装作一副害怕的样子说道："该死的我，由于窘迫无奈，前几年就用驴奶酥油顶替赋税的。"

土司老爷听后脸上红一阵白一阵，气得全身颤抖地斥责道："混蛋阿古顿巴，你让我吃了驴奶酥油，你心怀叵测，竟敢欺骗本官，该当何罪！"

阿古顿巴马上弯下腰回答道："请土司老爷恕罪，您吃了几年的驴奶酥油，我没有听到过任何指责的话，还以为您爱吃驴奶酥油呢。否则，我怎敢向土司敬献驴奶酥油啊！"

土司听完阿古顿巴的话，转身走到门口，又突然转过身来对阿古顿巴说道："你能认出用驴奶打出的酥油吗？"

阿古顿巴连连点头说："驴奶酥油和牛奶酥油完全不一

样，用驴奶打酥油的除了我别无他人，所以一看便能认出来。”

土司老爷说道："能认出来就好，能认出来就好。你跟我来吧！”土司老爷领着阿古顿巴来到了酥油库房，只见货架上整齐地摆放着酥油，满屋子散发着馨香的酥油味。阿古顿巴当然知道颜色黄灿灿的是新鲜牛奶酥油，便指着黄灿灿的酥油对土司老爷说："颜色最黄的便是用驴奶搅取的酥油。”

土司老爷怒气冲冲地对阿古顿巴说道："喂，赶快把这些驴奶酥油给我统统拿走，今年你不用再上缴酥油了！”

阿古顿巴喜滋滋地从货架上取下一包包酥油装在几条皮褡裢里，然后“恭敬”地对土司老爷说道:“土司老爷阁下，请您给我借两头驮牛，等我把酥油驮回家后马上把牛送到府上来。”土司立马答应了阿古顿巴的要求，让手下赶来两头驮牛。阿古顿巴把酥油驮回村庄后分给了穷人家，穷人们又用这些酥油作为所罚的酥油上缴给了土司。

犏牛能挤奶吗？

从前，西藏澎波宗来了一位县官，县官大老爷不仅每年向商人征收成千上万的商品税，还打着爱民父母官的旗号，向全县老百姓出租耕牛收租税。

澎波宗是个贫困宗，老百姓家里十有八九都没有耕牛和驮牛，多数人家要从头人和富户家租用耕牛。新任县官知道这个情况后，到处张贴公告：

“凡我宗百姓不得随意租牛耕地运货，若需租用者，除宗府之耕牛外，不得向任何私人租用。家境稍优者每年可租牛两头到三头；家境贫困者每年可租牛一头。每年开春租出，秋后向宗府缴纳租牛税——酥油。”

阿古顿巴是澎波宗出了名的穷百姓，所以只能租用一头牛，而且租的是头犏牛。光阴似箭，日月如梭，不知不觉间又到了秋季上交租牛税（酥油）的时候。可是，阿古顿巴租来的是头犏牛，家里并无奶牛，哪有酥油上交呢？他绞尽脑汁，苦思冥想，终于想出了一个对付县官老爷的办法。他让妻子把自己关在一个柳条搭建的小屋中，然后对妻子说："如果县官派人来我们家，你就告诉他，我正在家生孩子，没法出来接待他！"

没过几天，县官派人来找阿古顿巴。阿古顿巴的妻子把来人堵在门口，说道："我丈夫正在家生孩子，请你们改日再来吧！"

狗腿子骂骂咧咧地说道："混蛋，哪有男人生孩子的，明明是躲在家里不给宗府交酥油，还胡说八道！"于是，几个狗腿子一拥而入，将阿古顿巴绳捆索绑地拉到了宗府。县官老爷听说阿古顿巴躲在家里不愿上交酥油时怒火顿生，对着阿古顿巴恶狠狠地训斥道："老乞丐，你竟敢违抗本县官的命令！"

阿古顿巴回答道："县官大老爷，实在对不住，小人岂敢违抗您的命令，只因为我刚生了孩子，身子虚弱，本打算休息几天后就来上交酥油的。"

县官一拍桌子猛地站起来指着阿古顿巴骂道："自阳世形成到现在，从没听说过男人可以生孩子的，这明明是你在欺骗和捉弄本官！"

阿古顿巴毫无畏惧地上前说道："县官大老爷说的没错，既然男人生不出孩子来，那么犏牛能挤出奶来吗？您租给我的是头犏牛，犏牛挤不出奶来，您为啥还强迫我交租牛酥油税呢？"

阿古顿巴如此善辩能说，出乎县官的意料，一时竟张口结舌说不出话来。过了好一会儿才缓过神来，对阿古顿巴说道："好吧，我批准你免交租牛酥油税，但条件是不许你到处乱说！"

阿古顿巴回家后并没有听县官的话，而是把事情的经过讲给了邻居。于是，一传十，十传百，全县传遍了阿古顿巴巧斗县官的佳话。由此，需要向县官缴纳租牛酥油税的穷苦老百姓成群结队地来到宗府，严词声讨县官，逼得县官理屈词穷，迫使他撤销了"缴纳租牛酥油税"的公告。

欢度新年

这一天是藏历新年，农奴们想到农奴主会给大家施舍点好吃好喝的，心里非常高兴。然而农奴主却把全家吃剩的血肠、碎骨和剩酒拿来让阿古顿巴和其他农奴们吃喝，还装出一副慈悲怜悯的样子假心假意地说："你们辛苦劳累十二个月很不容易，现在请你们吃饱喝足，千万别客气！"

农奴们看着这些残羹剩饭非常愤怒，而阿古顿巴却默默无语地将所有碎骨剩饭全部拿出去倒在狗盆里喂了狗。

到了晚上，大家的气还没有消去，但也想不出一个好办法来。这时，阿古顿巴看出了大家的心思，便半真半假地对大家说："亲爱的朋友们，大家不要发愁，今晚我请大家过年，现在大家快做准备。"

大家以为阿古顿巴在开玩笑，说道：“你自我安慰有何用？全村有吃有喝的人白天就过了年，我们这些穷人身无分文，买不起酒肉，如何过年啊！”

阿古顿巴却不慌不忙地说道：“买不起肉不会自己杀牛宰羊吗？主人家有那么多膘肥体壮的牛，我们怎么就不去杀一头来过年呢？买酒的钱我也准备好了。请大家不要怕，跟我杀牛去。”说完就领着大家往牛圈走去。

大伙这才明白阿古顿巴不是在开玩笑，而是真的要去宰杀农奴主的牛，心中很是害怕，一起劝阻阿古顿巴说：“阿古顿巴兄弟，杀主人家的牛，会惹祸上身的，被主人发现了我们就要吃官司，还是算了吧！”

阿古顿巴信心十足地说道：“朋友们，大家不必焦虑，我阿古顿巴自有办法，你们就按我说的去做好了。”

大伙儿一向信任阿古顿巴，听他说有办法，就无所顾忌地跟着阿古顿巴潜入牛圈杀了一头肥牛，阿古顿巴用自己的钱买了青稞酒，然后还邀请了附近的几位平时要好的穷朋友共同欢度新年。为了不被农奴主发现，大家把牛皮秘密地埋在了野外，而将牛尾巴保留了下来。

第二天早晨吃过早饭后，阿古顿巴和几位农奴背上犁，牵上牛，拿上牛尾去了田间。

快到中午时分，农奴主骑着高头大马，耀武扬威地到地头查看耕田的情况。这时，阿古顿巴把提前埋在地下的牛尾巴使劲地往外拉，其他农奴也纷纷跑过去帮忙。农奴主看到后奇怪不解地问道：“喂喂，你们在干什么呀？”

阿古顿巴回答道：“尊敬的老爷，我们正在耕地，不料一头犏牛突然钻到地下去了，不是我反应快就连牛尾巴都抓不住。主人家，请您也过来帮帮忙吧！”

农奴主似信非信，就跑过来说：“你们都走开，让我一个人来拉！”可是农奴主用劲一拉,不料牛尾巴被“拉断”，农奴主双手紧握牛尾，目瞪口呆地站在那里说不出话来。

阿古顿巴立即以十分惭愧和埋怨的心情说道:“啊呀呀，尊敬的老爷,您用力过猛，把牛尾巴拉断了，实在太可惜了，这头肥壮的牛再也回不来了！”

农奴主欲言又止，不知道说什么，便无可奈何地说道：“那就放弃吧，放弃好了。”

帮扶老阿妈

从前，村子里有一位孤苦伶仃的老阿妈，家里很穷，因为她家的财产除了一块土地、一匹老马、两只狗和一钱沙金外，其余都被庄园主盘剥去了。看到这种情况后，阿古顿巴很想帮帮她。

有一年开春播种时，阿古顿巴来到老阿妈家，告诉她他想帮她把地种上。到了晚上，阿古顿巴悄悄偷了庄园主家的两头耕牛，帮老阿妈种完地，然后将牛送回去，之后又返回到老阿妈家的田间，把犁铧放在田头，牵来老阿妈家的两只狗架上牛轭，牢牢地拴在犁头上，然后在地头上睡着了。

第二天早晨，当庄园主路过老阿妈家的地边时，发现她的地已经耕种完毕，这让他非常吃惊，便唤醒正在地头酣睡的阿古顿巴问道："她家根本没有耕牛，这地是怎么耕种的呀？"

阿古顿巴揉揉惺忪的睡眼，用手指着架有牛轭的狗回答道："没有耕牛却有狗啊，这两只狗力大无比，可顶三四头耕牛用，其他狗是没法比的。只是，老阿妈家没有好食喂养，只能耕耕地；如果有好食喂养，力气大得惊人呢！"

贪得无厌的庄园主用狡黠的眼光扫视着阿古顿巴，笑嘻嘻地说道："我用两头犏牛换这两只狗怎么样？"

阿古顿巴回答道："老阿妈可能不愿意，但你执意要换，我可以去说服她，因为她没有上好的狗食喂养它，实在可惜了这两只好狗。"于是，阿古顿巴来到老阿妈家，说服她用两只狗换回了庄园主的两头犏牛。

第三天，天刚蒙蒙亮，阿古顿巴把老阿妈家的那匹老马拴在了门后，用筛子装满马粪，马粪上面撒上老阿妈的那一钱沙金。这时，庄园主来找阿古顿巴，一见面就阴阳怪气地斥责道："老滑头，你在这捣鼓什么呀？"

阿古顿巴装作顾不得打招呼，目不转睛地看着筛子里的马粪。庄园主见阿古顿巴不理不睬，便提高嗓门大声问道："你这个老奸巨猾的家伙在这儿干什么呀？"

阿古顿巴生气地说道：“不要吵嘛，你来看看，被你吵闹得马不拉金子了。”

庄园主看见筛子里黄灿灿的马粪，便一改愤怒的面孔笑眯眯地说道：“这些金子是这匹马拉出来的吗？太神奇了！我愿意以一匹骏马和一头骡子交换这匹马可以吗？”

阿古顿巴回答说：“不可以，就像我昨天用狗换你的犏牛一样，你又要骂我是老滑头了。”

庄园主坚持要交换。阿古顿巴装作很勉强的样子，又用老阿妈的老马为她换来了一匹骏马和一头骡子。

庄园主心满意足地牵回老马，好食好料精心喂养，但无论怎样，老马只会拉马粪，就是不拉金子。财主两次交换两次上当,气得他火冒三丈,于是派家丁去抓捕阿古顿巴。家丁们如狼似虎、气势汹汹地来到阿古顿巴家，将阿古顿巴绳捆索绑，然后在身上拴了两块磨扇抛入大海，却被老阿妈和穷朋友们救了上来，幸免一死。

阿古顿巴被救后决心要找庄园主去报仇，穷人们怕出意外，劝他放弃复仇的念头。但阿古顿巴却胸有成竹地说：“请你们不必担心，这回庄园主不但不会杀我，还会热情地招待我呢。”

阿古顿巴向别人借来一套漂亮的衣服，一匹骏马，一头骡子，然后穿上新衣，骑上骏马，骡子驮上一捆氆氇，威风凛凛地来到了庄园主家里。庄园主见到阿古顿巴既惊又喜，惊的是他没有死，喜的是阿古顿巴变成了富人，他想知道阿古顿巴没死与变富的原因。庄园主铺设坐褥，请阿古顿巴就座后，就像晚辈晋谒长者一样毕恭毕敬，然后询问阿古顿巴其中的原因。

阿古顿巴彬彬有礼地说道："财富的来源全赖于捆在我身上的一对磨扇，它发挥了很大的作用，海中的人们没有水磨磨糌粑，我用水磨上扇换来一匹马和一头骡子，用下扇换来一捆氆氇，最后他们还派专人把我送上了海岸。"

庄园主听了阿古顿巴的讲述后心想："这件事付出很小，而收获巨大呀！"等阿古顿巴回去后，庄园主对全家男女老幼说道："你们每个人背上一扇磨盘跳到海里去做一本万利的买卖去吧！"可是，庄园主万万没有想到，家人只有去的而没有回来的。

宰杀放生牦牛

一天，阿古顿巴路过一个村庄时，发现两个面黄肌瘦的穷苦人正在田间劳动，他俩动作迟缓，看起来非常疲倦的样子。这时已过中午，还没有停下来吃饭喝茶的迹象，阿古顿巴估计他俩肯定是村里头人家的农奴，没有头人的命令是不敢停止劳作的。他对头人如此残酷地对待农奴非常气愤，一心要想个办法帮帮这两个可怜人。于是，决定留下来寻找戏弄头人的机会。

当天晚上，阿古顿巴乘夜深人静之际悄悄钻进头人家的牛群里抓了一头牦牛，然后在牛耳朵上挂上彩穗，牵到头人府上去要求借宿，说他是某某大土司的管家，奉命把这头放生牦牛送到寺院去，现在因为太晚不便赶路，特来府上借住一宿。

头人听了阿古顿巴的介绍，又亲眼看见挂在牛耳上的彩穗，便信以为真，爽快地答应了来客借宿的要求，请进家中热情招待。临睡前，阿古顿巴对头人叮嘱道："麻烦头人把放生牦牛圈在一个安全的地方，千万不可丢失，一旦丢失了就是赔银千两也不行，只要安全过夜，可付给住宿费三十两白银。"

头人听客人说要付住宿费白银三十两，心中非常高兴，便十分自信地说道："客人不必担忧，我家圈牛的房子就连小小的老鼠也钻不进去。"于是高擎着灯，带领阿古顿巴把放生牦牛关进了一间空房中。

等到夜深人静，头人府上所有人熟睡之际，阿古顿巴悄悄钻进关着放生牦牛的屋子，用绳索将牛勒死后割下一条后腿扔在两个农奴住的小院子里，并把鲜血抹在两个鼾睡的农奴的双手和嘴唇上，然后回到下榻处睡觉。

第二天早晨天还没有大亮，阿古顿巴站在院子里高声呼喊道："哎呀呀，不得了了，放生牦牛被人杀死啦！"

阿古顿巴的叫声惊醒了尚在睡梦中的头人老爷，他一骨碌爬起来三步并做两步飞速来到了牛圈，眼前的情景令他目瞪口呆。阿古顿巴揪住头人的领口质问道："你说你圈牛的房子里连老鼠都钻不进去，可是大土司的放生牦牛却被俗人所杀，这做何解释啊！”不等头人答话，阿古顿巴拽着头人顺着血迹来到两个农奴住的地方。只见一条牛大腿扔在院子里，走进屋子里一看，发现两个农奴的双手和嘴唇上沾满了牛血。阿古顿巴指着头人说道：“啊呀呀，原来是你指示他俩杀死了放生牛,走吧,我们去见土司决断！”

头人见状大发雷霆，对着两个农奴训斥道：“你俩真是胆大包天，竟敢杀死土司的放生牦牛，犯下了这大逆不道的罪孽来！”

两个农奴深感祸从天降，有口难辩。头人笑嘻嘻地对阿古顿巴说道：“大管家阁下，不祥之灾祸已经发生，我用三头牦牛来赔偿，你看如何？”

阿古顿巴生气地回答道：“就赔三头牦牛吗？赔偿三百头牦牛也不行！”

头人说：“哪能赔三百头牦牛呢，这事与我毫无关系，谁杀了放生牦牛谁去偿命，罪犯就在这里，怎么处置由你来定。”

阿古顿巴反问道：“你没有责任谁有责任，哪有野牛顶替老虎受罪之理？”

阿古顿巴和头人就赔偿问题争论不休，最后决定头人赔偿十头牦牛，两个农奴由阿古顿巴领走交由土司惩罚。

阿古顿巴领着两个农奴，赶着十头牦牛离开了村庄。两个农奴只好听天由命，闷闷不乐地跟着阿古顿巴上路。当他们走到离村庄很远的地方时，阿古顿巴这才和颜悦色地对两个农奴说道："这十头牦牛你俩各分五头，各自赶上牦牛赶快离开这个地方，越远越好，千万不能让头人发现！"

两个农奴听完阿古顿巴的交代后似信非信地站在一边发呆。这时，阿古顿巴又和蔼地说道："从今天开始，你俩获得了自由，再也不用当农奴了，逃到一个安全的地方去过日子吧！"

两个农奴到这时才恍然大悟，知道了阿古顿巴巧施智慧骗过头人救了自己。于是，两人千恩万谢，热情地和阿古顿巴拥抱告别，然后各自赶着牦牛远走高飞了。

涂金的卵石

残暴的土司嘉桑为了欺压农奴和百姓，特意制作了一根青冈木处罚棍，上面刻着“打狗棍”三个字，谁若违背了他的意愿，就用此棍毒打，很多无辜百姓就死在了这根木棍下。因此，老百姓对他恨之入骨。

一天，土司嘉桑在门口舞弄着“打狗棍”寻开心。这时，有位身着盛装的年轻公子骑着骏马，马背上驮着两个沉重的褡裢走了过来。公子身穿水獭皮镶边的羔裘，头戴长寿帽，足蹬印度皮靴，腰挎银鞘腰刀，十分威武雄壮。嘉桑心想：“‘乌鸦窝里出不了凤凰’，这位先生是从何方来的呢？”于是，便笑嘻嘻地走上前去恭敬地问道：“尊敬的客人您好！今天天上星辰好，地上时光美，衷心欢迎您光临本府！”

公子谦虚地回敬道：“岂敢，岂敢，土司您好！”

嘉桑把公子请到自家的客厅，亲自上茶招待并询问道：“公子来本府有什么事？”

公子笑着回答道：“延年菊花万里香，土司美名传遍草原，我是跋山涉水专程前来拜访土司您的呀！”

嘉桑听了公子的赞扬惊喜不已，却又既傲又尊地说道：“鄙人只是个小小的土司，功德权势岂能传遍草原，贵客妄加赞誉了。”

公子看见土司手持的“打狗棍”后稀奇地说道：“我别无他事，只为这‘打狗棍’而来。”

嘉桑随口答道：“啊啊啊，由此说来，你家的狗也很难驯服是吗？”

公子回答道：“实在太可恶，它们还吃人呢！”

嘉桑骄狂地说：“说起我的‘打狗棍’的威力来，再厉害的狗，用它敲打，也会屁滚尿流。”说着便举起“打狗棍”抽打农奴。公子大步上前夺过木棍，说道：“给我看看，喔唷，确实是根好棍棒，做工精细，我没有好福气，找不到这样的能工巧匠，就拿木棍上雕刻的这三个字来说，也确实是世间罕有啊！”

嘉桑听公子如此赞叹，高兴得手舞足蹈起来。公子不失时机地说道："我游历过九十九个草原，攀越过九十九座雪山，目的就是寻求一根制服恶狗的棍棒。尊敬的土司大人，请您把这根木棍卖给我好吗？"

嘉桑犹豫不决，迟迟不做决定。公子继续说道："尊敬的土司阁下，我仓促出门，带的银钱不多，您若不嫌少的话，我就用褡裢里的金子买您的'打狗棍'，您看如何？"

公子来到院子里从马背上取下褡裢，拿到客厅放在地上时，几块金块从褡裢里滚落出来，金光四射。嘉桑虽贵为土司，可是如此多的金子从未见过，高兴得不知说什么好，于是用双手把"打狗棍"恭敬地送给了公子。公子接过"打狗棍"，说了声"后会有期"，便匆匆离去。

嘉桑的心思全在金子上，望着褡裢激动不已。心想："若把金块全部倒出来堆在院子中央，自己蹲在金光闪耀的金堆上，然后喊农奴和百姓前来参观，那该有多么显赫和风光啊！"于是将褡裢里的金块全部倒了出来，最后随着金块倒出来一个纸卷，嘉桑打开纸卷一看，上面写着一首附有"阿古顿巴"名字的歌词：

用心爱的"打狗棍"，

欣然换成了金子，

贪婪哪有满足时，

碎金变成了卵石。

嘉桑念完歌词，就像五雷轰顶，他万万没有想到，盛装打扮的花花公子竟然是阿古顿巴。这使他怒火中烧，遂拿来一根铁棍怒砸金块。不料，随着金块的破裂，涂在石块上的金粉纷纷掉落，原来所谓的金块都是表面涂有金粉的水中小卵石。

倒抽四十鞭

从前，村庄里有个头人，禀性恶劣。此人善用诡谲的手段欺压百姓，老百姓给他起了外号叫“老狐狸”。

年复一年，头人都要雇佣人为他放牧牛羊，对雇佣者约法三章：一是每天只供给一碗糌粑；二是不许唱歌；三是不许牛羊增多或减少一两脂肪。雇佣者若不遵守这三个条件，年终不仅不发工钱，而且还要抽打四十马鞭。百姓们如坠十八层地狱受煎熬，但找不到申冤诉苦的地方。

一天，阿古顿巴来到了村庄，百姓们喜出望外，纷纷讲述了头人的约法三章。阿古顿巴了解了约法三章带给百姓们的苦难，心中非常气愤。阿古顿巴耐心地安慰了大家后来到头人家，向头人要求自愿做一年的雇佣人。

头人早就知道阿古顿巴是个很难对付的人物，经过反复思忖，心想："古人说得好，'未曾调驯的烈马，带上铁嚼就不怕'，对权大势重的富人来说，你阿古顿巴有什么不好驾驭的呀！"便对着阿古顿巴笑嘻嘻地说道："阿古顿巴，我雇佣人的条件你是知道的，现在说说你的条件吧！"

阿古顿巴回答道："尊敬的头人，我的条件并不多，第一，雇佣期不满一年，你不能违约赶我走；第二，假使我按约定完成了任务，就要倒抽你四十马鞭。"

头人考虑了半天后想起藏族的一个谚语："虎豹豺狼虽凶猛，一旦落入猎人网罩，就无法耀武扬威。"心想："听人们说阿古顿巴机智像大雕，以我看也就是个无翎的小雏罢了。"于是同意了阿古顿巴的条件，立即签下了雇佣合同，由头人的管家和随身奴仆做证人，双方承诺不得违约。

当天黄昏时分，阿古顿巴背着一个巨大的木碗来报到。阿古顿巴背的这个木碗能盛半酥油茶桶的茶水，能装十多斤糌粑，足够头人家的全体奴仆饱餐一顿。

头人看见阿古顿巴背的木碗生气地说道："喂，阿古顿巴，是谁让你背着这样巨大的木碗来的呀？"

阿古顿巴不慌不忙地回答道："尊敬的头人阁下，请您不要犹豫反悔，我们在契约上明明白白地写着每天只能供应一碗糌粑，但并没有规定碗的大小，你认为签约失算，那是你疏忽大意造成的，与我毫无干系呀！”

头人听了心里打颤，无言以对，只是眼睁睁地看着雇佣奴仆们都从阿古顿巴的大木碗中分糌粑吃。

一天，阿古顿巴发现奴仆们收工后闷头就睡的可怜样子，便想找个让大家快活起来的办法。他很快自制了一个竹笛，收集废铜烂铁制作了一个钹，每当收工后便组织大家奏钹吹笛尽情欢乐，其乐融融。

俗话说："猫头鹰怕见阳光。"哪知道头人却听不得歌声和音乐，正当阿古顿巴和奴仆们尽兴欢乐时，头人拿着马鞭气势汹汹地扑过来举鞭就要打，阿古顿巴一把抓住头人举起鞭子的手，毫不畏惧地质问道："头人息怒，我们都应讲道理，合同上只规定不许大家唱歌，可没有不许大家吹笛的规定呀！"头人自知理亏，乖乖地放下了举起鞭子的手。

从此，阿古顿巴就和大家一起无拘无束地吹笛奏钹，尽情欢乐。头人无可奈何，气得肝火旺盛，生了一场大病。不久，便央求阿古顿巴说："亲爱的阿古顿巴，请你看在神佛的面上救救我吧，你放弃吹笛奏钹，离开这个地方，我按契约给你双倍的工钱，好吗？"

阿古顿巴笑嘻嘻地回答道："翼力强劲的雄鹰，不达飞翔的目的，怎能轻易落地下。我俩签订的合同期限未满前，我是不会离开这个地方的！"

阿古顿巴的意志坚如金刚石，阿古顿巴的誓言硬如山岩。头人看到阿古顿巴铁了心不答应自己的央求，不得不暂时压住心中的怒火，但心里发狠道："等着瞧吧，总有一天，我要叫你阿古顿巴知道我头人的厉害！"

光阴似箭，不知不觉就到了年底。不通人性的头人实在见不得奴仆们开心，他命令管家做了一条九股绳拧成的鞭子，把所有老百姓召集到村前草坪上，当众检查阿古顿巴是否完成了条约上规定的三件事，如果没有完成，就用九股绳鞭打死他。

没过多久，全村的百姓和所有的奴仆都集中到了草坪上。这时，所有人都为阿古顿巴捏了一把汗，老人们手转经筒，口诵嘛呢，为阿古顿巴祈祷。然而，阿古顿巴毫无惧色，而且有说有笑地劝老人们放心，不必为他担心。

这时，头人领着管家威风凛凛地来到了草坪上，头人坐在提前铺好的坐褥上，吸着鼻烟口气缓慢地对阿古顿巴说道："违背施主命令的奴仆阿古顿巴你说说看，我的牛羊的脂肪是增多了还是减少了呢？"

阿古顿巴回答道：“尊敬的头人，依我看，牛羊的脂肪一两未增也一两未减。”

头人抢白道：“闭嘴，我看是脂肪减少了！”

阿古顿巴辩驳说：“我看没增没减。”

头人说：“减了，就是减少了！”

阿古顿巴仍旧心平气和地说道：“头人既然说减少了，那么请问头人，到底减少了几斤几两啊？”一句话问得头人哑口无言，回答不上来，坐在褥垫上发呆。

阿古顿巴继续说道：“尊敬的头人，你起初雇佣我时，只交代了牛羊的总数，并没有交代牛羊腔内的脂肪有几斤几两，现在想要知道牛羊脂肪的斤两，等我把牛羊全部宰杀后，把皮张、骨肉、脂肪分解过秤后才能回答你牛羊脂肪的斤两数啊！”说着阿古顿巴便从腰间的刀鞘中拔出腰刀快步奔向牛群和羊群。

头人见状心急如焚，马上令管家把阿古顿巴拽回来。阿古顿巴装作无可奈何的样子把刀插入刀鞘，拿出契约对头人说道：“尊敬的头人，现在该由我算算你的账了，鞭子抽打时一定很痛，因为你是一庄之主，为了保住你的威望和尊严，不好当着老百姓的面打你呀！”

头人听了威风顿失，像条老狗倒在了地上。阿古顿巴上前夺过九股绳鞭鞭打头人，一鞭，两鞭，鞭鞭像雨点般抽打在头人身上。老百姓和奴仆们高兴极了，欢呼声如同高山流水声响彻整个草原。

各分一半

无论天气多么炎热，也不管天降暴雨、冰雹，阿古顿巴毫无顾忌地要么在山上垦荒，要么在山下种地施肥、引水灌溉，忙得不可开交，谁也说不清他一年十二个月三百六十五天早起晚睡，流了多少汗，吃了多少苦。当看到绿油油的禾苗抽穗，麦穗灌浆，沉甸甸的麦穗即将收割时，阿古顿巴站在地头喜不自胜，爽朗的笑声似乎掀起层层麦浪。

然而，贪婪的头人老财眼比鼠尖，他像饿狼看见了小羊羔，睁着一双贪婪的眼睛望着阿古顿巴新开垦的土地。一天，他来到阿古顿巴的地头左看右看，双手抚摸着麦穗感叹道："这些粮食收到我的粮仓里该有多好啊！"他对正在田间劳动的阿古顿巴生气地说道："这块地是我们祖上留传下来的，你为何在此种上了庄稼？”

阿古顿巴站在田间鄙视地看着头人没作声。头人神气十足地说道：“实话实说吧，你若做我的佃户向我缴纳地租，我就继续租给你耕种。不过，今年的收成我俩要对半分，否则我要收回土地。”

冬去春来，又到了春播时节，阿古顿巴到头人家向头人问道：“尊贵的施主，今年你打算要禾根，还是要禾尖呢？”

头人恶狠狠地回答说：“当然要庄稼之尖，这还有什么可说的呀！”

阿古顿巴回家后在地里全部种上了蔓菁。到了秋收时节，头人派狗腿子带领十几个奴仆，带着镰刀和绳子到田间来收割。可是出乎意料的是满地都是蔓菁叶子，气得头人暴跳如雷，铁青着脸对阿古顿巴说道：“你这个坏蛋，胆大妄为，竟敢把麦子全都收完了，赶快交出来吧！”

阿古顿巴很不高兴地说道：“施主大人，你说你要收取禾尖，这不全都留在地里等你来收吗？”

头人一时不知该如何回答，只得眼睁睁地望着快被太阳晒干的蔓菁叶子扫兴而归。

第二年，还没播种前，阿古顿巴又到头人家问头人，要庄稼根还是要庄稼尖，头人说要根不要尖。时光如梭，又到了快要收割的时候，头人带领狗腿子和奴仆早早来收蔓菁。心想，这回看你阿古顿巴还要什么花招。不料来到地头一看，田间除了麦秸外,麦穗全被阿古顿巴割走了。头人自知又上了阿古顿巴的当，但很不甘心。心想，世上只有富人聪慧，穷鬼们能懂得什么呀！他日思夜想，一心要打败阿古顿巴，不让他收到一粒粮食。

第三年春播前，阿古顿巴仍旧到头人家询问道："施主大人，今年想要庄稼根还是尖呢？"

头人生气地回答道："今年连根带尖都要！"

岁序更新，光阴似箭，不知不觉又到了秋收时节，头人带领几个狗腿子来到郊外看见庄稼长势喜人，便喜滋滋地说道："看来今年是个丰收年，但我要让阿古顿巴活活饿死，以除我心头之恨！"心中又想："粮食装满仓，占有这片肥沃的土地，是三宝恩赐给我的。"头人异想天开，忘乎所以。等来到阿古顿巴的田头,发现阿古顿巴正在收割苞谷，头人心如刀绞,凶狠地骂道:"老东西,你不能把苞谷搬走！"阿古顿巴不慌不忙慢条斯理地说道："施主老爷，你要的是庄稼的根和尖，我怎么就不可以收庄稼腰上的东西呢？绳索捆不住老虎，智者有谋生之道啊！"

头人听了虽恼羞成怒,但也无计可施,只能哑巴吃黄连，自认倒霉了。

难办的三件事

有位身强力壮善于农事的穷苦人，名叫扎西，由于他太憨厚老实，常常被庄园主欺榨盘剥而挣不到工钱，缺吃少穿，生活过得十分艰难。

一天，扎西路过一家庄园主家的门口时，看见墙上贴着一张告示，因为他不识字，便问旁边的人上面写的是什么？那人告诉他说："谁愿到他家做工，年薪白银三十两。"扎西听了很是高兴，过了几天便到庄园主家报了名。

庄园主一看来人，是个能做事、靠得住的老实人，便说道："喂，小伙子，我看你是个能干活的人，到时候我会多付工钱给你，你愿意留下来干活吗？"

扎西回答道："哪能不愿意呢！老爷，这是您赐给我的恩惠呀！”

庄园主补充道：“愿意就好，但你要完成三件难办的事情后，我才能付给你三十两银子，如果完不成，三十两银子就不能给你了，听明白了吗？”

扎西心想，就凭我一身的力气和精湛的手艺还有办不到的事情吗？于是，痛快地答应道：“老爷，您说吧，别说三件事，就是三百件我也能完成。”

庄园主慢悠悠地说道：“第一件事，你把我家的大缸装进小缸里，然后保存好；第二件事，把我家潮湿的仓库在太阳下晒干，秋后好储备粮食；第三件事，不多不少准确地说出我的头颅有几斤几两来。”

扎西辛辛苦苦地干了一年的农活，但庄园主交代的三件事确实很难办到，一件都没有完成，庄园主扣除了全部工钱，赶他两手空空回家去了。

一天，阿古顿巴看见愁眉不展的扎西后问道：“是什么原因使你如此痛苦啊？”扎西便把庄园主为了克扣工钱，交给他难办的三件事的情况详细地讲给了阿古顿巴听。阿古顿巴听后安慰扎西说道：“你不必太伤心，我有对付庄园主的办法。”

第二年的春天，庄园主又在大门外的墙上贴出了招募雇工的告示，阿古顿巴看见告示后便马上到庄园主家去应招。庄园主向他交代了难以完成的三件事情,要求必须完成。阿古顿巴毫不迟疑地答应道："老爷，我家祖上几代人都以农为业，再难的事也难不住我们，请您放心好了。"

阿古顿巴在庄园主家干活没多久便开始执行庄园主交代过的三件事情。首先，他把庄园主家的所有大缸砸碎后，将陶片统统装在了小缸中。到了中午阳光直射时，他爬上房顶掀开了仓库屋顶，让阳光直接照射到仓库里。

庄园主发现阿古顿巴揭掉了仓库的屋顶，捶胸顿足地指责道："喂，阿古顿巴，你这个混蛋在干什么呀？"

阿古顿巴非常镇静地回答道："尊敬的老爷，我在执行您交给我的任务啊！"

"是谁教你这么干的呀？"庄园主愤怒地责问道。

"老爷，不这样做，难道您还有比这更好的办法吗？"阿古顿巴反问庄园主道。

阿古顿巴问得庄园主哑口无言，不知所措。心想："遇上阿古顿巴实属倒霉，如果继续雇佣他，我会吃更大的亏，还不如早点打发他滚蛋。"于是说道："坏蛋阿古顿巴，我不再雇佣你了，请你快点回家去吧！"

阿古顿巴说道："老爷，我回家是肯定的，但您需要付给我工钱白银二十两，因为您交代的难办的三件事，我已完成了两件。”

阿古顿巴的要求让庄园主又心生一计，心想，好好好，这第三件事你阿古顿巴绝对办不到，于是得意忘形地说道：“好吧，那么你说说看，我的头颅有几斤几两呀？”

阿古顿巴随口说道：“只有三斤半。”

庄园主立刻回答道：“你说的不对，我的头颅足足有六斤重，你说错了，不给工钱了，回家去吧！”

庄园主正在为省下工钱高兴时，阿古顿巴捡起屋檐下的一把斧头对庄园主说道：“老爷，我说只有三斤半，你若不信就把你的头颅砍下来用秤称一称就知道了。”

庄园主一听吓得目瞪口呆，全身发抖，不得不拿出白银三十两付给了阿古顿巴。阿古顿巴拿着钱走出庄园主的家，把钱全部送给了那位吃了亏的老实巴交的贫民扎西。

能生孩子的锅

阿古顿巴居住的村里有个财主，这家伙是个出了名的高利贷者，人们借了他的钱、粮都要付出高昂的利息，即使是借了他的日常用具也得交租金。因此，人们很少到他家里借东西用。

一天，阿古顿巴家来了几位亲戚，家中的锅太小，煮饭不够大家吃，需要有口大锅煮饭才行，阿古顿巴只得到财主家去借口大锅来煮饭。他到财主家向财主说明需要借口大锅用用时，财主说借锅可以，但要收租金。

“不要这么说,我煮完饭马上还回来。”阿古顿巴解释说。

“即使是马上还回来也得收取租金呀！”财主强调说。

“那么要交多少租金呢？”阿古顿巴问道。

“不要多少，拿来两碗糌粑就行。”财主回答道。

阿古顿巴只好无奈地答应道：“好吧，好吧，知道了。”遂提着大锅往回走。可是，阿古顿巴心中很不服气，世上哪有借口锅还要交租金的道理。他回到家里煮了饭，等客人们吃了饭并送走后，把财主家的大锅洗涮干净，然后把自家的一口小锅装在大锅中准备送走。这时，他的老婆阻止道：“你疯了吗，小锅是我们自家的，装在借来的大锅中干什么？”

阿古顿巴说：“一时半会儿也给你解释不清楚。”于是，推开老婆直接来到了财主家。他对财主说道：“尊敬的主人，恭喜，恭喜！”

财主莫名其妙，问道：“喜从何来呀？”

阿古顿巴笑眯眯地说道：“喜从天降，您的大锅生了个小孩呀！”

财主茫然地说道：“别胡说八道，自古至今还没有听说过铁锅能生孩子的事。”

阿古顿巴立即从口袋中取出财主的大锅，又从大锅中拿出一口小锅，一手提一口锅，说道：“您不相信就亲眼看看，这孩子又黑又胖，很像它的妈妈呀！”

财主听了阿古顿巴的这段说辞后，便弄假成真地说道：

“啊呀呀呀，实在太好了，阿古顿巴为我赚来了这么大的利益，这母子两个实在太像了。”遂让管家把两口锅收了起来，然后假装亲密友好，让阿古顿巴坐到坐褥上，为他敬上酥油茶，绝口不提租金两碗糌粑的事。

阿古顿巴吸了财主递给的鼻烟，喝足酥油茶后说了声谢谢，便借口家中有事要求回去。财主笑容满面地对阿古顿巴说道：“今后要用锅尽管来借，千万别顾忌什么。”

一天，阿古顿巴家又来了几位远客，为了煮饭阿古顿巴再次上财主家去借大锅。这次，财主不再提租金的事，亲自将锅借给了阿古顿巴。

阿古顿巴自从借走大锅后，财主天天在家等待阿古顿巴来还锅，等他来报大锅生孩子的美事。可是等了大半个月，总不见阿古顿巴来。财主等得有些不耐烦了，便骑了一匹大马亲自到阿古顿巴家询问原因。

阿古顿巴看见财主亲自上门来，不等财主开口便抢先哭着说道：“老爷，您来得正巧，我正打算到府上去报丧呢。”

财主瞪大眼睛问道：“为谁报丧啊？”

阿古顿巴回答道：“本想着今天就还锅，出乎意外的是您的大锅昨天晚上死掉啦！”

财主吃惊地说道：“胡说八道，从未听说过锅会死的！”

阿古顿巴大声说道：“老爷，您的锅既然会生孩子，怎么就不会死呢？有生而无死是说不通的呀！”

财主无可奈何地说道：“那就扔掉吧，扔掉好了！”他怕继续争执下去，会招来别人的耻笑而丢人，就忍气吞声地回家去了。

苦不堪当

从前，拉萨市有位大庄园主，其子经常欺压穷人，把蹂躏百姓当作自己寻求开心的工具。由于家中农奴成群，他连名字都叫不上来。其中有个诚实憨厚的农奴，名叫噶丹，庄园主的儿子专爱欺负他，懦弱的噶丹总是忍气吞声，根本没有办法抗争。

一天，阿古顿巴经过庄园主家的田头时，噶丹嘴里念诵着经文大汗淋漓地在犁地。他一边犁地，一边往犁沟里插上一根根茅草，看起来非常劳累。阿古顿巴说道："喂，噶丹兄弟，出来休息片刻，我俩聊聊天好吗？"

噶丹回答道："阿古顿巴兄，我正忙着干活，哪有聊天的功夫，以后闲了再聊吧。"他继续口念经文，把一根根茅草插到犁沟里。

阿古顿巴很不理解噶丹的做法,问道:“你在干什么呀?停下来休息一会吧。”

噶丹突然扔下犁铧生气地说:“嘿,阿古顿巴兄,你给我招来了挨鞭子的理由啦!”

阿古顿巴听不懂噶丹的话,问道:“你在说什么呀,给我说清楚点好吗?”

噶丹这才告诉阿古顿巴说:“庄园主的儿子规定要我把每天犁地的犁沟数目报给他,否则就要鞭打我。因此,我每犁出一犁沟就插上一根茅草做标记,可是被你弄得我忘记了犁沟数目,这不就是要挨打了吗?”

阿古顿巴听后笑着说:“这不要紧,现在你停工回家休息去,让我换上你的衣服替你犁地,等主人的儿子来了,由我来对付他。”噶丹同意了阿古顿巴的建议。

不久,庄园主的儿子骑着大马雄赳赳地赶来巡查。他来到地边对着“噶丹”说道:“喂,噶丹,今天犁了多少犁沟啊,记住了没有?”

“噶丹”回答道:“记住了,不过请问头人,你骑马到这里,马一共走了多少步啊?”

“这我哪能知道啊!”主人的儿子气呼呼地说。

“你连马走了多少步都记不住，那么我怎么能记得住犁了多少犁沟呢？”

主人的儿子回答不了“噶丹”提出的问题，羞愧不已，拨转马头回家去了。

这时，阿古顿巴卸了犁杖，来到噶丹家把刚才智胜庄园主儿子的情景告诉了他。但出乎意料的是噶丹听完阿古顿巴的话后不但不高兴，反而心存疑虑地焦躁不安起来。阿古顿巴急切地问道：“噶丹兄弟，难道你还怕主人的儿子来欺负你吗？”

噶丹低下头泪流满面地哭诉道：“庄园主宅后有块大磐石，要我明天把它移走，否则要严惩我。阿古顿巴兄，这可怎么办啊！”

阿古顿巴安慰道：“噶丹兄弟，不要担心，明天我去对付他吧。”

第二天，阿古顿巴穿上噶丹的衣服来到庄园主家对主人说道：“搬走宅后的大石很容易，但我需要一根长二百五十尺的皮绳，而且不能有接头，是完整的一根。”

庄园主的儿子为报昨天一箭之仇，答应按要求拧绳。他立马喊来管家吩咐杀一头大犏牛剥皮拧绳，管家又吩咐下人宰牛剥皮并拧成了绳。

阿古顿巴拿上皮绳来到宅后磐石前，结结实实地把磐石捆绑好后准备背起时对主人的儿子说道："请您把它抬起来放到我背上吧！"

主人的儿子吃惊而且为难地说道："胡说八道，偌大的巨石，我怎能举得起来啊！"

阿古顿巴把皮绳扔到地上说："你举不起来，我能背得动吗？"

庄园主的儿子既不能鞭打噶丹又损失了一头驮牛，心里很不是滋味。于是，苦思冥想，从河边捡来一块薄石板命令噶丹鞣制成一双靴子。这就难上加难了，噶丹毫无办法，便找到阿古顿巴请求帮忙。阿古顿巴再次穿上噶丹的破衣服来到了庄园主家。

庄园主的儿子看见"噶丹"便问道："喂，噶丹，石板揉好了吗？"

阿古顿巴回答道："尊敬的公子，天下人谁都知道，鞣制皮张前先要用盐水浸泡，等到皮子泡软后才可以搓揉啊！请你先把石板泡软后，我再拿去揉好了做靴子吧！"

庄园主的儿子以往不高兴时就举起鞭子打人，可这次像霜煞了一样不再那么神气了，张口结舌地坐在垫子上一动不动。自此，他再也不敢欺负噶丹了。

一升青稞

从前，有个农奴主从来不把雇佣的农奴当作人看待，在他的眼里农奴连条狗都不如，可对自家的马牛羊疼爱有加。农奴们整天劳作,到了晚上还得去拾柴耕地,苦不堪言。阿古顿巴看在眼里急在心中，便来到农奴主家要求雇佣他。农奴主见阿古顿巴身强力壮，便高兴地问道：“你有什么擅长啊？”

阿古顿巴回答道：“除了三件事外，我什么活都能做。”

“是哪三件事啊？”农奴主问道。

阿古顿巴回答说：“第一件，不会给山剃头；第二件，不会割有千万条腿的东西；第三件，不会跟在一对活动物的后面走。”

农奴主不懂也不愿意去研究其深奥的含义，他想世上哪有这些奇妙的事，只要农奴们不分昼夜地干活，你无论不会做三件事中哪一件都无关紧要。于是对阿古顿巴说道：“咱家要做的事情很多，你说的三件不会做的事不做也罢。现在你说说每年想要多少工钱吧。”

阿古顿巴回答道：“好吧，不多不少，就用‘装人升子’给一升青稞就行啦！”

农奴主在心中估算了一下：“按雇工人头分配口粮，也只不过一藏升[①]青稞，最多也就是一碗罢了，这对我有利啊！”于是痛快地答应下来，同意雇佣阿古顿巴。

一天，农奴主要派阿古顿巴到山上去砍柴时，阿古顿巴摇摇手说道：“我不是早就有言在先吗，我不会给山剃头，满山长的草木不就是山的头发吗？”农奴主无话可说，只好作罢。

又过了一段时间，春回大地，到了春耕播种的时候。农奴主要派阿古顿巴去耕地时，阿古顿巴又摇摇头说道：“我不是早就说过了吗，我不会跟在一对活动物的后面走，两头耕牛不就是一对活着的动物吗？”农奴主有口难辩，只

①藏升：西藏地区使用的一种盛粮容器，一藏升可盛青稞一斤二两，相当于汉地的一合。

好另派其他农奴去。

光阴似箭，很快又到了秋收时节。农奴主打发阿古顿巴去收割青稞，阿古顿巴摆摆手说道：“我不是早就说过了吗，我不会割有千万条腿的东西，满地长的青稞和麦子就有千千万万条腿呀。”

农奴主听了大发雷霆，气冲冲地说道：“你这也不会那也不会，闲坐在我这儿有何用，拿上工钱滚蛋！”遂让管家拿来一升青稞交给了阿古顿巴。

阿古顿巴大手一挥说道：“只给这点青稞吗，我早就说过了，一年就用‘装人升子’给一升青稞啊！”

农奴主问道：“装人的升子有多大呀？”

阿古顿巴回答道：“雅鲁藏布江上摆渡的皮船不就是装人的容器吗？升子的大小就跟皮船一样大！”

农奴主听了后悔不迭，起初没有弄清三件事确切的含义，今天有口难辩，无处申诉，只得付给一皮船的青稞。

背着粮袋翻山

阿古顿巴到一个富户家去打短工，工期定为一个月。富人问他打算要多少工钱，阿古顿巴根据当地的惯例只要了一袋粮食，富人表示同意，双方签了合同。

一个月的工期干满后，阿古顿巴找富人结账要工钱时，富人拿来一条特大粮袋，让老婆帮忙装了满满一袋粮食。阿古顿巴正在纳闷富人为啥用这么大的粮袋装这么多粮食时，富人扎上粮袋口，说道："喂，阿古顿巴，你没有吃亏吧，这就是一个月的工钱。"

阿古顿巴听了还是有些不理解，富人继续说道："阿古顿巴，你要向我承诺，你想拿走这袋粮食，就要按照我家传的规矩办，规矩是背着这袋粮翻过对面的山去，能翻过去粮袋和粮食都归你，假若翻不过去粮食要全部扣除。”

阿古顿巴听完富人的解释后才明白了大袋装粮的用意，心想:“这个狡诈的家伙想欺负我，你不想让我把粮袋背走，我偏要用尽全力把它背走。”于是连连答应着把粮袋背起来走出了大门。

粮袋确实很重，压得阿古顿巴几乎喘不过气来，快到山顶时实在走不动了，粮袋从背上掉到了地上。正在这个节骨眼上，富人夫妇追上了阿古顿巴，便幸灾乐祸地说道:“背不动了吧，现在粮袋和粮食该归我了吧！”

阿古顿巴机智地回答道：“先生，不是背不动了，您对我太好了，我若不停下来说声谢谢就翻过山去，实在太不近人情了，我是有意停下来向您说声谢谢的呀！”

富人夫妇听了不知该说什么好，只得眼看着阿古顿巴背上粮袋继续向山顶走去。富人很不甘心，还想欺负阿古顿巴，便紧跟不舍。阿古顿巴装作不知，一鼓作气快要爬上山头时，富人也追到了阿古顿巴的身后，阿古顿巴不慌不忙地向后伸出右腿用脚跟把富人蹬下了山坡。这时，阿古顿巴赶紧放下粮袋，跑下山坡扶起富人，帮他抖掉身上的尘土，说道：“实在对不起，现在快到山顶了，您不必再送行，谢谢您把我送上了山。今后您要雇佣人时通知一声，我会一喊就到的。”

富人气得怒火中烧，他哪能受得了这种侮辱，阴阳怪气地说道：“滚开，你给我的教训太深了，我再也不会雇佣你了！”说着领着老婆下山去了。阿古顿巴背着粮袋翻过山，很快回到了家中。

金银树

噶拉山下住着一位贪得无厌的农奴主，他时常派管家丹增到农奴家收缴粮食、酥油和钱财。这个管家是个十足的大恶人，到了农奴家见啥拿啥，就连一把粮食都不留给农奴，仅有的一头奶牛也要牵走。有次他强暴了一个农奴的漂亮女儿，被农奴的儿子发现后差点被活活打死，人们像憎恨农奴主一样恨透了这个恶贯满盈的管家。

阿古顿巴为了替乡亲们报仇，有天晚上乘夜深人静之时悄悄来到农奴主家，把一面写有陀罗尼咒的经幡放在了窗台上。第二天早晨他来到农奴主睡觉的窗前大声喊着说道："爱金喜银的农奴主，我向您报喜来了，您发财致富的吉星高照！"

农奴主听说他“发财致富的吉星高照”时，立马喜出望外地问道：“吉星是如何升起来的呀？”

阿古顿巴郑重其事地说道：“我昨晚做了个梦，一位背着火枪的白发老人，来到噶拉山顶种下了一颗金银树，树每摇动一次，金银就会落满山谷。我问老人这树我能不能移走，老人笑着说除了当地的首富外谁也无权得到这棵金银树。我们这个地方最富的人除了你还有谁呢？”

农奴主听了阿古顿巴的叙说，句句都听进了耳朵记在了心上。但他只是微微一笑并没有回话，因为他从窗台上捡到上面写有陀罗尼咒的经幡，念了又念，似懂非懂，经咒曰：

无论苍穹地轮，珍宝金银汇聚。

暴风骤雨交加，摇晃动荡不定。

昼夜追求财富，劝君莫要贪婪。

阿古顿巴装作不知，问道：“经咒幡从哪儿来的呀？”

农奴主自以为是地说道：“除了像你的梦兆那样还会从哪儿来呢？”

阿古顿巴装作恍然大悟的样子说道：“是的是的，上天为了防止我独霸就又给您送来了经咒，祝贺您好运临门！”

农奴主喜不自胜，打开窗户远眺云雾缭绕的噶拉山，心有顾虑地说："可是这么高的山我能爬上去吗？"

阿古顿巴说："这是神的意旨，您准能爬上山顶去，请农奴主不必担心。"

农奴主仍然忧心忡忡地说道："话虽这么说，但是就怕抗不住暴风雪的袭击啊！"

阿古顿巴说："尊敬的农奴主，您也不必亲自去经受风吹雪打，完全可以派您的大管家丹增去呀！"

农奴主转忧为喜，说道："这是个好主意，但他能靠得住吗？"

阿古顿巴回答说："有啥靠不住的呀，丹增是您的大管家，谁不知道他最听您的话。"

农奴主点点头说道："是啊，他可以代替我去，这不仅我情愿，神也会愿意的。"

阿古顿巴迎合着说道："对对对，神肯定会愿意的。"

当天晚上，农奴主派丹增到噶拉山上去移金银树。快到山顶时，刺骨的寒风就像一把利刃刺痛着丹增的皮肉，纷飞的雪粒像子弹一样打在丹增的脸上，使他举步维艰，最终只得放弃返回。

农奴主看见丹增回来，说道："劳苦功高的大管家，金银树移来了吗？"

大管家丹增低着头胆怯地说道："尊敬的恩主，今夜风雪太大，使人寸步难行，我只得回来了。"

农奴主训斥道："你说什么？你这条见了主人连尾巴都不会摇的东西，除了吃肉和酥油外，为我办不了半点事，赶快滚出去，今晚不把金银树挖回来绝不饶你！"

丹增被迫再次上山后，农奴主整夜未眠，他等待着管家把金银树从噶拉山上移到家里来。等啊等啊，一直等到东方破晓，还不见管家回来。又焦急万分地熬过了一整天，等到了太阳落山仍不见管家回来。第三天早晨天刚蒙蒙亮的时候，大管家踉踉跄跄地回来了。只见他衣衫褴褛、满脸伤痕、上气不接下气地来到农奴主面前。但农奴主对此不屑一顾，开口便问："金银树移来了没有？"

平时傲气十足的大管家，这会儿却像霜打了一样蔫不拉唧地哭丧着脸一句话也说不出来，只是呆呆地望着主子流泪。

农奴主见他如此狼狈不堪的样子更加生气，心想金银树要么没有移来，要么被他藏了起来。一怒之下拳打脚踢，管家被活活打死了。

没有得到金银树，农奴主很不甘心，便决定自己亲自上山移树，结果落了个有去无回的下场。人们戏谑道："农奴主太执着，被神邀请到极乐世界享福去了。"

菩萨的赏赐

从前，阿古顿巴常年在庄园主家应差，荒废了自家的田地，偶有收成也要给庄园主、寺院和官宦家缴纳粮税，逼得自己不得不向领主借贷粮款。但借贷之后无力及时偿还，于是日复一日，月复一月，年复一年，利率越积越高，越发偿还不清，结果欠债到底有多少就连自己也不清楚。可是，庄园主天天派人来催债，不让人安闲一天。阿古顿巴为了躲债，只好东躲西藏，但这也并非长久之计啊！

一天，阿古顿巴找了几位穷哥们一块儿商量对策。他们找了四匹马，分别驮上借来的茯茶、青稞、酥油和盐，赶到了阿古顿巴家。此事很快被庄园主知道了，他把阿古顿巴叫到家里开门见山地说道："阿古顿巴，你小子做贼啦？"

阿古顿巴回答说:“领主阁下,请你别给清白人戴黑帽子!”

庄园主说：“你没做贼，那么四匹马驮的东西从哪儿来的呀？”

阿古顿巴回答说：“领主先生，这是因为我虔诚信仰菩萨，是菩萨给我的赏赐物啊！”

庄园主听说是“菩萨给的赏赐物”，便十分惊奇，要求阿古顿巴详细讲讲事情的来龙去脉。

阿古顿巴十分肯定地说道：“我有位朋友，向有钱人欠下不少债务，因为无力偿还，他到山顶神庙去虔诚求助，神佛大发慈悲，出乎意料地赏赐给他马匹和许多财物。昨天晚上，我也到神庙去叩头祈祷，神佛突然开口问我为什么祈求东西,我回答说因为要吃饭和还债。等我走出庙门时，赏赐物就放在门前，我雇马驮回了家。”

庄园主听了半信半疑地说道：“这是真的吗？”

阿古顿巴回答说：“看您说的，我岂能打着三宝的旗号骗人呢？”

庄园主这才信以为真，急不可待地说道：“我也需要到神佛面前去求助，你不知道，从去年到现在这段时间，我事事不顺心，麻烦不断找上门来。”

阿古顿巴迎合着说道：“是是是，好人总是事故不断，三宝还不知道您屡遭不幸，您若亲自前去祈祷，三宝肯定会助您成就大事的。不过您要半夜时分去最好，其他时间去了也是白跑一趟。”

当天晚上，庄园主目不交睫地等到半夜时分，才悄悄带上仆人出门上山去了。山高路陡，羊肠小道，身体肥胖的庄园主气喘吁吁的像狗一样终于爬到了山顶。山顶的庙宇因长久失修而破旧不堪，殿内神像四肢脱落，满屋挂满了蜘蛛网，一片破败不堪的景象。庄园主无暇顾及这些，急忙双膝跪地叩头祈祷，“虔诚”地祝告道：“我由衷皈依观世音菩萨！我家赤贫，债台高筑，濒临死亡，祈求菩萨大发慈悲，赐福赐物，保佑太平！”

菩萨却问而不答，庄园主不住地叩头祈祷，随从们见他精疲力竭的样子，都在暗暗嗤笑。当庄园主托词走出庙门时正巧碰上了阿古顿巴，阿古顿巴满腔热情地说道：“恭喜，恭喜，吉祥如意！”

庄园主气得七窍生烟，命令仆人把阿古顿巴捆绑起来。阿古顿巴毫无惧色，平静地说道：“不要这样嘛，我是您的属民，要杀要剐全由您。但是，菩萨给我赏赐财物时也保了我的命。现在您要加害于我，菩萨是不会赏赐财物给您的，请您三思而行！”

庄园主听完阿古顿巴的话后生气地说道：“我整整祈祷了大半夜，竟然什么也没有得到，这到底是为什么呢？”

阿古顿巴问他祈祷的情况时，庄园主一一做了回答。阿古顿巴装作吃惊的样子说道：“由此看来完全不怪您呀，您没有听清楚我说的话，我说的半夜是指子时，您到神像前跪拜祈祷时已过了子时，而且还带领着仆人，这是亵渎神灵的表现。依我看，今天晚上您要单独来，上山时顺着山这面的沙路上来，下山时从山那面的草坡下去，千万不能滑倒，否则又将空手而回。”

庄园主听后感到太艰难了，但为了得到菩萨的赏赐，便默默无语。到了晚上他单独出行，迎着暴风雪从这面山坡艰难攀爬，越往上山岭沙石越厚，每走一步要倒退两步，使庄园主吃尽了苦头。

阿古顿巴带领两位挚友从山背面草坡爬上山顶，来到小庙将菩萨两边的“凶神”塑像藏在了寺庙背后，让两位好友扮作“凶神”，自己藏在了菩萨塑像背后。一切准备就绪，这时庄园主狼狈不堪地走进庙宇，双膝跪在地上气喘吁吁地祈祷道：“我皈依观世音菩萨，我家赤贫，债台高筑，濒临死亡，祈求菩萨大发慈悲，赐福赐物，保佑平安！”

这时，菩萨塑像摇晃“金身”大声说道：“你不就是山下的富人才旺吗？”庄园主听到菩萨亲口喊叫自己的名字，又惊又喜，立即回答道：“救苦救难的菩萨，正是，正是我才旺！”

藏在菩萨塑像后边的阿古顿巴又说道：“我知道你骡马成群，牛羊满山坡，五谷堆满仓，还是个高利贷者，为啥还不知足，装作乞丐前来欺骗三宝啊！”

菩萨两边的“凶神”异口同声地斥责道：“严厉惩罚这个贪心不足的家伙！”说着走下神坛，用绳索五花大绑，举起钢鞭准备鞭笞。庄园主吓得浑身发抖，冷汗淋漓，求饶道：“求求菩萨行行善，不要杀我啊！”

藏在菩萨塑像后边的阿古顿巴说道：“今后还敢欺压穷人吗？还敢放高利贷吗？赶快回答！”

庄园主吓得魂不附体，战战兢兢地回答道：“岂敢，岂敢，今后我再也不敢造孽，我向菩萨发誓保证！”

藏在菩萨塑像后边的阿古顿巴说道：“如果誓言当真，今后不再作恶欺压百姓，三宝饶你不死，现在起来回去吧！”

庄园主不敢吭声，连菩萨都不敢看一眼，翻起身连滚带爬跑下山去。阿古顿巴和两位朋友开心得哈哈大笑，笑声充满了整个山谷。

抖灰尘

从前，有个大农奴主，对待农奴非常残暴，他天天逼迫农奴下地干活，从不让农奴休息一天，一旦发现有谁停下手头的活换口气时，就要减少工钱、克扣口粮。农奴们食不果腹，衣不蔽体，繁重的劳动使他们眼冒金花，常常晕倒在田间地头。

阿古顿巴来到农奴主家干活。一天，阿古顿巴和大家来到田间劳动时，却将镢头扔到一边给大伙儿说笑话。农奴们见他只顾说笑而耽误了农活，怕农奴主突然前来巡查惹出麻烦来，便对阿古顿巴说道："喂，阿古顿巴兄弟，不要只顾说笑话，赶快干活啊，主人快来检查了！"

阿古顿巴回答说："我才不会为这家伙拼死地干活，大伙儿抽空休息休息,他来了由我来对付。”说着便来到地头,从柳树上折下几根柳条放在了田里。

不出所料，就在这时农奴主突然出现在地头上。只见他头戴狐皮帽，身穿水獭皮边的羔裘，足蹬长筒靴子，吸着鼻烟耀武扬威地来到地头，农奴们立即双手合十低头问候。阿古顿巴却昂首挺胸地上前说道：“尊贵的头人，您如此盛装打扮莫非是去朝圣吗？”

农奴主说：“不去朝圣，我想到叔父家去转转。”说着又用十分威严的口气对农奴们说道：“今天，你们必须要把这块地播种完，绝不可以懈怠偷懒，否则要严厉惩罚！”

农奴主训斥完打算离开时，阿古顿巴说道：“尊敬的头人，请您稍等一下，您的羔裘背后沾满了灰尘，让我帮您抖抖。”

农奴主急切地问道：“灰尘在哪里，在哪里呀？”

阿古顿巴回答说：“您看不见，请您站好，我帮您抖干净好吗？”

农奴主直挺挺地站在那里说道：“好吧，好吧，你给我抖干净。”

阿古顿巴拿起放在田间的柳条，用力抽打农奴主的背部和臀部。由于用力过猛，疼得农奴主连连央求轻点抖。

阿古顿巴解释说："哎呀，灰尘太多沾得很牢，不用力根本抖不干净。"说着又狠狠地抽打起来。结果，把绸缎羔裘的面子几乎抽裂，上面还留下了一道道柳条的痕迹。这时，阿古顿巴鄙视地嘲笑道："尊贵的头人，您的羔裘现在越发好看了。"

农奴主忍着背部和屁股的疼痛，却装作高兴的样子离开了大家。农奴们望着农奴主的狼狈相哈哈大笑起来，欢快的笑声充满了田野。

装聋作哑

有位领主前往国王家参加生辰典礼，马上驮着金银和氆氇等礼物，自己骑着高头大马走在前面，阿古顿巴作为奴仆赶着马跟在后边。走着走着，领主的马腿突然碰到了一件东西，领主从马背上往下一看是一条马褡裢，里面装着满满一褡裢糌粑。突然得到这意外之财，领主张开嘴巴开心地笑着说道：“我早就知道，今天出门会发财。”

正在这时，一位衣衫褴褛的老妇人赶着一头备有空鞍子的老驮牛哭天抹泪地走了过来，看见领主和阿古顿巴问道：“两位好心人，看见一条糌粑褡裢没有啊？那是邻居们见我可怜，送给我过日子的口粮，不知道被这头老牛丢在了什么地方，如果找不到那些糌粑，我非饿死不可。”

领主恶狠狠地骂道：“快滚一边去，不要挡我的路，你想死就到该死的地方去死吧！”

阿古顿巴忍受不了领主欺压老人的这种卑劣的行径，对领主大声说道：“施主大人，刚才不是捡到了一条氆氇褡裢吗？俗话说得好，‘房子不是自己的，哪能长久住’，你把褡裢还给她吧，你看这位老妇人多可怜呀！”

领主根本不想把氆氇褡裢还给老妇人，举起皮鞭指着阿古顿巴怒斥道：“养牛是为了挤奶，你是我养的奴仆必须要听我的话，今后不论遇到什么情况你都要装聋作哑，绝不允许你多嘴多舌！”说罢用手摸摸褡裢策马扬长而去。

阿古顿巴忍无可忍，正不知如何安慰和帮助这位老阿妈时，突然看见身边驮着生日礼物的马，他眉头一皱，计上心来，立即牵着马走到老妇人身边说道：“老阿妈，不要伤心了，这匹马上驮的全是金银和氆氇，够你享用一辈子，你牵着它赶快离开这里！”说着把缰绳交给老人后去追赶头人。

领主催马疾行，独自翻山过河，之后又穿过了一片茂密的森林，沿着一条大道向前走去。这时，领主回头看了看，不见阿古顿巴的踪影，心里有点发慌。

阿古顿巴告别了老阿妈后专走捷径，不多时就赶到领主的前头。这时，他灵机一动，在领主必经的道路中间挖了一个大坑，上面盖上树枝，再铺上一层细沙。等一切就绪后便坐在路旁休息。

过了一会儿，领主乘马而来。当他看见阿古顿巴时惊奇地说道："嘿嘿，你跑得倒是真快呀！"

阿古顿巴没有吭声。领主催促道："起来走啊，坐在那里还等谁呀？"

阿古顿巴仍然没有答话。领主怒气冲冲地催马向前，不料还没走几步就连人带马掉进了陷阱。领主在大坑中疼得哇哇乱叫，咬牙切齿地骂道："你这个浑蛋，问不开口，催不动身，想是知道这里有陷阱。"

领主被救出后，阿古顿巴仍旧装聋作哑。领主仔细观察周围，发现驮着礼物的马匹不见了，十分焦急地向阿古顿巴问道："你这个孽障，我的金银氆氇和马怎么不见了，快说，你又不是哑巴呀！"

阿古顿巴听完领主的训斥后委屈地说道："施主大人，实在对不住，马在过河时被水冲走了。"

领主气得跺脚直骂："你这倒霉的家伙，马被水冲走了，路上有坑为啥不告诉我啊？"

阿古顿巴不以为然地说道："施主大人，这能怪我吗？

刚才碰见老妇人时，你指责我多嘴多舌，说今后遇事要装聋作哑，我得听你的教诲呀！”

阿古顿巴的反驳令领主哭笑不得，无言以对。

宝　马

阿古顿巴是位狩猎能手，因而名扬四方。喜欢打猎的日绕国国王把他请到皇宫做国王狩猎的助手。

一天，国王带领阿古顿巴进山去打猎。国王骑乘一匹骏马，却让阿古顿巴骑了一匹瘦弱的老马，这让阿古顿巴很不乐意，但也无可奈何。

高原的天气变化无常，突然间乌云密布，雷声轰鸣，震耳欲聋。国王为躲避瓢泼大雨，催马扬鞭迅速返回皇宫。落在山上的阿古顿巴心急火燎，但老马步履维艰，无力奔驰，一瘸一拐地艰难行走。这时，雷声大作，暴雨滂沱，无处躲避。阿古顿巴生怕衣服打湿了没有衣服换，于是把上衣脱下来塞在马鞍下。一会儿，雨过天晴，太阳高照，阿古顿巴从马鞍下取出干衣穿上，高高兴兴地回到了皇宫。

国王看见阿古顿巴穿着干衣服回来便惊奇地问道：“真稀奇啊，我骑着快如飞鸟的良马尚且淋湿了衣服，更别说你骑的步履蹒跚的老马了，可是你的衣服竟然没有浸湿，这是为什么呀？”

阿古顿巴强压怒火，慢条斯理地说道：“嗨，这完全有赖于国王您赐给我宝马的恩典，大雨降临之前，宝马将我带到了天界，凡间虽然乌云滚滚，大雨瓢泼，然而天界却是晴空万里，阳光灿烂。那里有碧波粼粼的池塘，潺潺流淌的小溪，百花争艳的草原，果实累累的林苑，鱼翔浅底，百鸟争鸣，是一处百花盛开的仙境。我迷恋那里的盛景，所以来迟了，请国王宽恕。”

国王听了阿古顿巴的叙说后惊愕不已，呆呆地站在那里失神，之后立即萌发了遨游天界的愿望，便和阿古顿巴商定明天再到山上去打猎。

第二天，国王盛装打扮，临出发前提出要和阿古顿巴交换坐骑。阿古顿巴再三推辞，国王总是不准，最终还是交换了坐骑。

事有巧合，当他俩刚上山不久，又与昨天一样天空突然乌云密布，雷电交加，大雨倾盆。国王喜出望外，鞭策老马向前跑去。阿古顿巴骑着国王的骏马飞快地返回了皇宫。

不一会儿，电闪雷鸣，暴雨如注，国王急于遨游天界，奋力鞭打老马快行，然而老马举步维艰，蹒跚而行。国王不仅到不了天界，连天界在何方都未知晓。国王在暴风骤雨中煎熬了大半天，直到黄昏时分才回到皇宫。

阿古顿巴迎上前去装作胆怯的样子说道:“哎呀，陛下，您怎么弄成了这个样子啊？”

国王气愤地说道：“今天我遇上鬼了！”

阿古顿巴小心翼翼地说道：“哎呀呀，这难道是老天爷安排的？陛下请您想想，您早晨敬神祭佛时，念诵嘛呢是不是不够虔诚呢？”

国王不予回答，但对阿古顿巴提出的疑问，心里有点纳闷，低下头去反省敬神是否虔诚的事。

婚礼上发生的事

有一次，阿古顿巴哄骗了华浪卡部落的牧主，牧主生气地对阿古顿巴说：“阿古顿巴，你听好了，九月十五日我要结婚，邀请全部落的人参加婚礼，就是不请你参加，你若敢来我就杀了你！”

阿古顿巴戏谑道：“你不请我也会来，送不起大礼，就送给你一堆牛粪吧！”

九月十五日这天，从早晨天亮煨桑时起，牧主家热闹非凡。牧主的亲戚朋友们个个乘马而来，招待客人的仆人们有的专门接送客人，有的专门上茶敬酒，有的专司美食，忙得不可开交。仆人中有个头戴狐皮帽子的人显得格外忙碌，他一边高声喊：“某某头人到，请上边就座！”一边对其他仆人指责说：“你没长耳朵吗？没听见马饿得在嘶鸣吗？快喂些豆子去！”大家都不认识他，互相问这人是谁。男方家的人说：“肯定是新媳妇娘家的管家。”女方家的人说：“一定是新郎家的管家。”那么，他到底是谁呢？原来是乔装打扮混在仆人中的阿古顿巴。

新娘到家后牧主家马上沸腾起来，有人拿着茶箱放到了新娘骑乘的马旁等待新娘下马。可是新娘坐在马背上假装不肯下马，男方家的仆人不得不多次举鞭催促，如此僵持了一段时间后，一位部落中有名望的人从天窗中举出拴有哈达的木棍左右摇晃，口说吉祥词祝福。这时，人们才把新娘扶下马送进了新房。

阿古顿巴始终忙个不停地招呼客人和仆人，当他听到从屋内传来的优美歌声时，便知道该跳锅庄舞蹈了，于是来到院外假装查看客人的马是否有草料吃，借机将马匹换成了老牛，马鞭换成了长刀，猛犬换成了绵羊，然后来到厨房向厨娘要了酥油茶、糌粑和肉饱餐了一顿。

这时，屋内的客人们喝得醉醺醺的，头蒙着氆氇大氅呼呼大睡。阿古顿巴悄悄来到屋内把客人们所带的火枪统统换成了棍棒，在女仆们的头上撒上干草，男仆们的衣袖中装进卵石。男方的来客个个醉卧不省人事，阿古顿巴将他们的长辫连接在了一起，然后又在阶梯上撒上豌豆，最下方放下一堆粪便，在粪便上面还插了一些针。

阿古顿巴做完各项准备工作后来到大门口高声喊道：“牧主大人听着，你不是说过今天我要敢来就杀了我吗？现在赶快出来吧！”

牧主本以为阿古顿巴今天不会来，但听到他的喊声后气得发抖，对着沉睡的亲戚朋友们大声喊道：“快快起来啊，狡猾的阿古顿巴来啦！”

发辫连接在一起的客人被叫醒后，迷迷糊糊地互相埋怨道：“喂，你不要拽我的辫子呀！你拽我的辫子干什么嘛！”有的喊叫道：“哎呀，别拽了好吗？疼死我了！”有的甚至互相打起来，撞倒了火炬，点燃了沉睡的女仆们头上的干草，男仆们惊醒后伸手去相救，不料袖筒里的石头砸到头上，女仆们不仅被烧着又被打疼，倒在地上打滚儿。屋子里乱成了一团，谁也帮不了谁。牧主气急败坏地从墙上取下木棍追了出去，他还以为手握的是火枪呢。当他来到梯前下梯时，不料脚下一滑滚了下去，不左不右正巧落在了那堆粪便上。牧主双手着地想奋力站起时，阿古顿巴插在粪便上的针扎进了他的手掌，痛得他嗷嗷直叫，急忙把手掌对准嘴想用牙齿拔掉针时，粪便沾满了嘴和脸。

正当牧主气得浑身发抖时,阿古顿巴站在大门口高声唱道:

东方飞来的孔雀啊,
跳起了孔雀饮水舞。
从屋顶滚落的癞狗,
摇着尾巴吃我的屎。

牧主听了气得发疯，立即举起火枪对准阿古顿巴射击。可是，他拿的是被阿古顿巴调换的木棍射不出子弹来。于是又跑去放开猛犬咬阿古顿巴时，猛犬早被阿古顿巴换成了绵羊。牧主自知徒步追不上阿古顿巴，便拿上皮鞭去骑马时，马也早被阿古顿巴换成了老牛。

阿古顿巴看着狼狈不堪的牧主又唱道：

东方飞来的孔雀啊,
跳起了孔雀饮水舞。
从屋顶滚落的癞狗,
木棍当枪老牛当马。

牧主想追上阿古顿巴报仇，但老牛根本跑不快。牧主举起鞭子狠狠抽打老牛，不料皮鞭却被阿古顿巴调换成一把长刀，老牛疼得倒在了地上，牧主只能无可奈何地看着阿古顿巴远去的背影哀叹。

看看“精明”的土司

土司仁庆身穿缎袍，骑着骏马沿巴托河缓缓而行，突然发现阿古顿巴两手空空、欢天喜地地从远处走来。土司早就听说阿古顿巴是个聪明机智、爱开玩笑、善于蒙骗官员财主的人，但他半信半疑。今天正巧碰上了阿古顿巴，他想亲自考察一番，看看是否与人们所传说的一样。若不是，就好好羞辱他一顿。于是，土司主动把阿古顿巴叫到跟前说道：“阿古顿巴，人们都说你聪慧机智，今天编个谎话让我见识见识吧，看我上不上你的当。”

阿古顿巴说道：“啊，罪过，罪过，土司面前岂敢乱说谎言，请阁下恕罪！”

土司高傲自信地说道：“少说无用的废话，你有多少智慧就亮出来吧！”

阿古顿巴装作智寡技穷的样子说道：“哎呀呀，土司大人，真不凑巧，我的撒谎袋不在身上，放在了河对面。如果过河去把它拿来，又怕耽误您宝贵的时间，这怎么是好呢？”

土司说道：“阿古顿巴，你别想找借口逃走，今天我就是要看看你究竟有多大的本领。好吧，你就骑我的马去取回你的撒谎袋吧。”

阿古顿巴骑上土司的骏马勒紧缰绳，举鞭猛抽马身。不料，马只在原地跳跃转圈，不愿向前跨越半步。阿古顿巴急忙对土司说道：“土司阁下，您的马认人，发现穿着破衣烂衫的我不是您，便不肯走路哦！”

这时，土司的管家对土司建议道：“土司大人，以奴才之见还不如让阿古顿巴换上您的缎袍，马误以为是您本人，就愿意上路了。”

土司觉得这个主意很好，马上脱下缎袍，摘下长寿狐皮帽让阿古顿巴穿戴起来，自己换穿了阿古顿巴的衣服。阿古顿巴穿戴一新，骑上土司的马走向河边。当走到河中央时，阿古顿巴转过头来对站立在河岸上的土司说道：“土司阁下，到现在马仍旧不知道骑在它背上的人是不是您本人，不过我已经来到了河中间。”

土司仁庆生气地说：“你待在河中间干什么呀？赶快过河去把撒谎袋取回来啊！”

阿古顿巴渡过河，站在彼岸大声对土司说：“土司大人，您不是让我撒个谎吗？这就是谎言呀！”说完策马奔向了远方。

这时土司才明白被阿古顿巴哄骗了，气愤地对管家说道：“就是因为你出的好主意，马和衣服都被阿古顿巴骗去了，还不赶快去追！”

然而，管家只能呆呆地站在那儿挨骂，阿古顿巴早就跑得无影无踪了。

地方官晋见龙王

阿古顿巴因屡次戏弄地方官，被地方官记恨在心，派出士兵将阿古顿巴抓到官府。阿古顿巴见了地方官便戏谑道："你何苦费这么大的力嘛，只要通知一下，我就会立马赶来的，遇到了什么难事快说吧！"

地方官冷笑道："这次想要你的头啊！"

阿古顿巴笑嘻嘻地说道："哎呀呀，可惜头没有带来呀，请您允许我回去把它取来吧！"说着转身要走时，地方官却大声喊道："不准出去！"同时叫来几个卫兵把阿古顿巴五花大绑起来，并遵照地方官的命令把他带到了河边倒吊在一座桥下。地方官打算夜深人静时亲自将阿古顿巴抛入河中。

在夕阳西下夜幕降临时，一位骑士路过桥上。阿古顿巴认识这个贪得无厌、欺压百姓的家伙，想要惩罚一下他。于是，阿古顿巴大声发出“嗨——嗨”的发力声，并且左右摇动不停。骑士感到非常奇怪，朝桥下问道：“你在那儿干什么呀？”

阿古顿巴装作没有听见，继续发力摇晃。骑士又问道：“喂，你为何不回答我的话呀？你在那儿干什么？”

阿古顿巴这才回答道：“啊，原来你是在问我啊，我在这儿锻炼身体呀，现在正在锻炼腰功呢。”

骑士听了兴奋不已，说道：“我的腰功最差，请你辅导我锻炼锻炼好吗？”

阿古顿巴为难地说道：“这项锻炼很是艰难，我看你吃不了这个苦。不过这对于喜欢武功的人来说，只要下决心锻炼也是能够见效的哦！”

骑士扭扭腰说道：“我有决心，我能坚持锻炼，请你教教我吧，谢谢你！”

阿古顿巴说：“不行，不行，不能随随便便就教你呀！”

骑士恳切地说道：“老兄，你赶快到桥上来吧，你若辅导我锻炼腰功，我愿将我的饰物金制小狗作为报酬赠送给你。”说着把阿古顿巴从桥下拉了上来，从腰间取出金光灿灿的小金狗送给了阿古顿巴，并要求把他吊下桥去锻炼。

阿古顿巴接受了小金狗，把骑士吊在桥下，说道："完成这项运动，一是方法要正确，二是要不怕吃苦，明白吗？"

骑士问道："运动的要领是什么呀？"

阿古顿巴回答道："这也不难，首先要紧闭双目不可仰视，其次要闭嘴不能说话。做到了这两点，就能收到事半功倍的锻炼效果。"如此交代完后，阿古顿巴骑上骑士的马迅速离开了桥头。

当晚半夜时分，地方官在几名卫兵的保护下，趁夜深人静、万籁俱寂之际来到河边桥头上，拔出腰刀割断吊绳，使正在锻炼腰功的骑士掉入河中被水冲走了。地方官高兴得手舞足蹈地说道："叫花子阿古顿巴，这一辈子你就哄骗龙王去吧！"

第二天，阿古顿巴骑着骑士的马，怀揣小金狗来到了地方官的衙门。地方官看见阿古顿巴，顿时吓得目瞪口呆，魂飞魄散，问道："你，你，你还活着？"

阿古顿巴回答说："我不仅活着还带来了宝贝！"说着从怀里取出一只金制的小狗让地方官鉴赏。

地方官惊奇地问道："啊呀呀，真的是小金狗，阿古顿巴快说说这是如何得来的呀！"

阿古顿巴装模作样地讲了个神奇的故事。他说：“我掉入河中后龙王打发虾兵蟹将把我接到了龙宫，龙王把我当作贵宾热情招待，还挽留我在龙宫多待些时间，可是我思念家乡心切而婉言拒绝了。龙王见我执意不肯留住，便拿来许多金银财宝送给了我……”说到这里，阿古顿巴非常后悔地说：“哎呀，我真傻呀，当时我顺手只拿了这个金制小狗，其他宝物一概忘拿了，请你允许我今晚再去一趟吧！”

地方官马上回答道：“不行，你去过一趟又带来了金制小狗就知足吧，今晚该轮到我去了。”于是，吩咐属下做好他去龙宫晋见龙王的准备。

太阳快要落山时，地方官来到桥上，让卫兵把他像吊阿古顿巴一样吊在桥下。他恨不得立刻见到龙王，不等天黑就让卫兵砍断吊绳。卫兵们只得奉命砍断吊绳，只听得“咕咚”一声，地方官掉入河中被汹涌的波涛卷走了。

宝马变老牛

土司出门必乘良马，从不徒步行走，即使是百步路程也要骑乘金鞍银辔的高头大马显威摆阔。

一天，土司准备去拉萨办事，吩咐仆人阿古顿巴准备好他的坐骑和金鞍银辔，以及路上食用的酥酪糕和干肉，临行时让阿古顿巴陪同随行。阿古顿巴无马可乘，跟在土司马后步行。整整走了一天后，阿古顿巴的小腿发麻，沙石钻进破鞋磨破了双脚，行走非常艰难。傍晚时分，他们来到一个小头人家借宿打尖。这里的山谷弯弯曲曲，没有多少人家。土司临睡前对阿古顿巴叮咛道:“此地盗贼较多，睡觉要警醒点，把马拴牢实，守好大门。”说罢便倒头呼呼大睡起来。到了半夜，土司把头伸出窗外说道:“阿古顿巴，你可不能睡着哦！”

阿古顿巴走了一整天的路，身体十分疲乏，睡得很死，土司喊了几次都没有叫醒，只听他在睡梦中似醒非醒地说：“土司大人，马还在呢。”

土司斥责道：“狗东西，我是在问你睡着了没有啊。”

阿古顿巴回答说：“我还没有睡着呢。”

土司说：“你还不睡觉在想什么呀？”

阿古顿巴回答道：“我在想世上那么多豌豆大的丸药究竟是谁搓制的啊，那么多的药丸一个人需要多少时间才能捏完呀？”

土司心想：“这次阿古顿巴跟着我来，整整走了一天的路没说过一句辛苦的话，晚上还在看马守门呢。”看来这次他老实了，于是，安心地进入了梦乡。

没过多久，土司醒后又从窗口伸出头来问道：“阿古顿巴，你睡着没有啊？你在想什么呢？”

阿古顿巴惊醒后回答道：“土司阁下，我还没有睡着，我在想世上那么多荆棘树上的刺是谁削的呀？如此多的刺一个人需要削多少时间才能完成呢？”

土司听了哈哈大笑，说道：“阿古顿巴，你真傻呀，不要没头没尾地乱说，树上的刺是天然生长的，不是人削的，赶快睡吧！不过你要警惕些，看好马，明天还要赶路呢。”

阿古顿巴心想："土司为何如此关心马呀，整夜恐惧得睡不安稳，看来他是害怕走路啊。于是，阿古顿巴牵着土司的坐骑来到一个穷苦人家，用马换了一头老牛牵回来拴在了拴马处，头枕着门槛装作睡觉。

没过多久，土司又从窗口伸出头来问道："喂，阿古顿巴，你睡着了没有啊，你在想什么呀？"

阿古顿巴机智地回答道："我在想世上找不到像土司骑马技术这般高超的人了，同时在想是谁给您的骏马头上栽上了牛角呢？我冥思苦想不得而知呀！"

土司听了知道阿古顿巴仍然在看马守门，对他虚而不实的提问不予任何思索和回答，仍旧放心地睡着了。

天亮后，土司急急忙忙走下楼梯看到阿古顿巴还在呼呼大睡，立即叫醒了阿古顿巴催促上路。但土司左看右寻不见坐骑的踪影，却看见在拴马的地方拴着一头老牛，问道："阿古顿巴，我的马在哪里呀？"

阿古顿巴装作茫然失措的样子说道："啊哟哟，马真的不在啦！"他到拴马处仔细寻找，突然说道："哎唷，真奇怪，马头上长出了牛角！"他又转忧为喜，继续说道："啊，对了，天快发亮时我已告诉了土司您，您没给任何回答，我就安心地睡着了。不过土司您这次出门福气不小，有人三更半夜来给您的马头上栽上了牛角。”

土司已猜到有人用牛换走了马，真是有苦难言。他知道自己走不了路，出门到这里才走了一半的路程，什么时候才能步行到拉萨呢？再说土司没有马骑是会被人笑话的呀！事到如今土司也顾不上丢人，便命令阿古顿巴把马鞍放在老牛背上，俩人赶着牛慢悠悠地回家了。

割靴子

阿古顿巴说不清楚他家祖上哪一代借了财主玛加的两元钱，直到他这一代仍在偿还利息，根本说不清楚已经偿还了多少，也不知道到何年何月才能还清，更不知道目前还有多少欠款，只知道每逢秋收打碾和年末，玛加都会怀揣破旧不堪的账本登门逼债。阿古顿巴为此十分困惑和苦恼，但除了东躲西藏外别无选择。

这一年的年三十，大雪纷飞，寒风凛冽，冻得双手僵硬浑身瑟瑟发抖的阿古顿巴进城卖柴火，回家路经一座寺院时，正巧看见玛加远远从对面走来。无处躲藏的阿古顿巴突然发现寺院经堂门前有许多僧靴，他知道这是僧侣们进经堂时脱下的靴子。他急中生智，立即上前拿起一只破靴用砍柴刀割掉鞋尖和鞋跟上的破补丁。

这时，财主玛加路过寺门时发现了阿古顿巴，便走上前咬牙切齿地说道："喂，阿古顿巴，时至年末，你怎么不来还债呀？"

"啊，老爷您好，我早就准备好了到您府上去还债，打算偿还了债务高高兴兴地过年。"阿古顿巴回答说。

玛加听了咧开嘴巴露出满口黄牙喜不自禁。然而，阿古顿巴话锋一转说道："老爷，我现在到寺院来纳税应差，腾不出时间回家去取钱，喇嘛们要求我在正午前把所有靴子的鞋尖和鞋跟的补丁全部拆下来，若完不成任务会受到严厉的惩罚呀！"

玛加听了虽很不高兴，但寺院的差事也不能耽误，为了两全其美，他建议道："这样吧，你先回家取钱，等回来后再继续干不好吗？"

阿古顿巴回答道："这可不行，寺院的规矩您是知道的呀，铁棒喇嘛一不高兴把我抓起来关进牢房，谁来偿还您的债务呢？"

玛加只想尽快拿到钱，便出主意说道："那么你回家取钱，我代替你拆补丁，但你要速去速回哦！"

阿古顿巴稍稍犹豫后，装作不太情愿的样子逃之夭夭。

到了正午时分，僧侣们修供仪轨结束，纷纷走出经堂找靴子穿时，发现大部分靴子被割破，玛加还在不停地拆补丁。僧侣们见状不由分说将玛加拉到院子中央鞭挞三百，然后押送到了牢房。

砍伐核桃树

从前，阿古顿巴的隔壁住着一户财主，他为了欺负阿古顿巴，专门移来一棵核桃树栽到院子里，春夏枝繁叶茂，遮住了阿古顿巴家的天窗,完全不见阳光,天窗等于白开了。

一天，阿古顿巴扛着一棵树路过财主家门口时，财主问道："阿古顿巴，你要把这棵树扛到什么地方去呀？"

阿古顿巴回答说："老爷，您难道还不知道？今天村里来了许多拉萨的商人，广场上拴着许多驮牛，急切地收购木材，准备烘干后运到拉萨去。您赶快把院子里的核桃树砍倒后抬到广场上去，绝对能卖个好价钱，机不可失啊！"

财主听了很是高兴，心想："我的核桃树不仅粗大，还有许多成材的枝丫，一定会值很多钱。"于是他把核桃树砍倒，驮在毛驴上运到了广场。不料，广场上连个拉萨商人的影子都见不到，财主只好把核桃树当作烧柴卖了，灰心丧气地赶着毛驴回家。半路上巧遇阿古顿巴，财主怒不可遏，埋怨阿古顿巴欺骗了他。

阿古顿巴心平气和地说道："老爷，您去迟了，拉萨商人早就回去了，您指责我有啥用！"从此，温暖的阳光通过天窗重新照进了阿古顿巴的屋里。

土地神的判决书

一天，阿古顿巴觅得一块璁玉，很快被当地的头人知道了。他把阿古顿巴叫去说："你在我的地盘上找到的东西应当归还给我，璁玉本该属于我啊！"

阿古顿巴回答说："璁玉是我找到的，当然属于我呀！"于是，双方发生了没完没了的争执。阿古顿巴说道："那么咱俩去请教土地神吧，请土地神判定璁玉应该属于谁。"

头人表示赞同，俩人来到了头人居住的山下，阿古顿巴面对大山说："这块玉是头人的，还是我阿古顿巴的呀？"

阿古顿巴在问"玉是头人的吗"时声音很小，当问"玉是阿古顿巴的吗"时声音很大。这时，从大山里传来了清晰的回声——玉是阿古顿巴的。

阿古顿巴对头人说道：“头人，我没有骗你吧，土地神说璁玉属于我阿古顿巴，土地神最公平无私。”

头人听了回音，无话可说，垂头丧气地回去了。

认人的宝贝

冬天到了，阿古顿巴的破皮袄里的毛全都掉光了，破鞋里的脚趾也完全露在外面。一天早晨天还没有大亮，阿古顿巴就被冻醒了，他起来后到河边去取水，想借此机会暖暖身子。当他装满水桶往回走时，水桶里的水冻结成一个圆圆的冰坨。他望着冰坨突然心中有了主意，便背上冰坨爬到村庄对面的山上，将冰坨放在一个蝙蝠洞中。

太阳从东山顶上冉冉升起时，土司吾金协达正在吃早饭，突然发现对面山上的蝙蝠洞中有个闪闪发光的东西。他深感稀奇，便问阿古顿巴那是什么东西。

阿古顿巴回答说："那是我们祖先放在洞里的宝贝。这个宝贝就像您装在箱子里的羔裘，每年需要拿出来晒晒太阳吹吹风。”

土司吾金协达吃惊地问道：“这个宝贝有何功能啊？”

阿古顿巴回答说：“也没啥特殊功能，但若将此宝贝放在仓库或箱柜中，东西就会满仓满箱。比如把它放到粮仓中，粮食就会充满粮仓；把它放到银库中，白银就会充满银库。”

土司吾金协达听后无比高兴，急切地说道：“把它卖给我吧，你要多少银子都行！”

阿古顿巴一脸严肃的样子说道：“唉，这可不能卖，它可是我家的传家之宝啊！”

土司吾金协达听了更加兴奋，若有这么个宝贝该有多好啊，便笑嘻嘻地说道：“你能把这个宝贝卖给我，我就把全部家产送给你。”

阿古顿巴装作很不情愿的样子说道：“看在你是我的头人的份上，我不得不答应，只盼你往后要善待我。”

为了尽快得到这个宝贝，土司吾金协达说道：“亲爱的阿古顿巴，你是个老实人，今后我会把你当作自己的父母一样对待，你想要什么快说吧！”

阿古顿巴回答说：“我一不要金银，二不要珊瑚玛瑙和琥珀，把你的皮袍和鞋送给我就千恩万谢了……”

还没等阿古顿巴把话说完，土司吾金协达就脱下皮袍和鞋交给了阿古顿巴，说道："你为啥不早说嘛，给给给，皮袍和鞋都拿去吧！"

阿古顿巴说道："先别着急，请你对三宝发誓，今后绝不反悔！"

土司吾金协达连忙向三宝发誓道："三宝听着，我土司吾金协达绝不反悔！"然后继续说道："现在咱俩上山去，你把宝贝交给我。"

阿古顿巴默不作声，和土司一道出门上山去了。当他俩来到山上蝙蝠洞时，冰块已被太阳晒化了。土司看不见宝贝，生气地追问道："阿古顿巴，你家的宝贝在哪里？"

阿古顿巴回答说："尊敬的土司，这个宝贝认人，看见你来了，宝贝钻到地下逃走了。"一边说，一边指着蝙蝠洞中冰块融化的水滴继续说道："不信你看看，这是宝贝撒的尿啊！"

土司吾金协达大发雷霆，气得浑身发抖，但是因为已向三宝发过誓，不好把皮袍和鞋要回去，只得自认倒霉。

被抛弃的磨刀石

阿古顿巴有一把劈柴的斧头，因长期不用生了锈，他想磨磨，可就是没有好的磨刀石，想到邻居家去借。然而，邻居是个大财主，是个爱财如命、贪得无厌的家伙，人们虽不敢当面说他的坏话，背地里给他起了个“野山羊嘴”的外号。吝啬的财主有块优质磨刀石，不费力就能磨出锋利的刀刃。

阿古顿巴抱着试试看的心态来到财主家，还没等他说明来意，财主抢先开口说道：“你们时常到我家来借磨刀石，总是空手而来，现在我不会轻易地就把磨刀石借给你们，如果要借，先交租金白银二两，否则莫开尊口。”

阿古顿巴听了心里很不舒服，借东西还要交租金，足见财主是个爱财如命贪得无厌的家伙。阿古顿巴说道：“老爷，你所谓的‘你们’指的是谁呀，我名叫阿古顿巴，不叫‘你们’，你看错了人。”

财主说：“我哪能看错人呢，你也属于‘你们’之类，穷得连顶凉棚都搭不起来，一块磨刀石也要跑到我这里来借，真是烦人啊！”

阿古顿巴听完后气不打一处来，心想：“你不仅榨取我们穷人的血汗，还说三道四，蛮横不讲理，我要给你点厉害看看。”于是自言自语道：“你不借没关系，等我回家找出那块劣质磨刀石往上面多涂抹些酥油，就会比你的磨刀石质量好而且还美观，到时候我也不借给你。”

阿古顿巴愤然回去后，“野山羊嘴”心想：“你阿古顿巴的劣质磨刀石涂上酥油会变成优质磨刀石，那么我的优质磨刀石涂上酥油不是变得更好吗？”他拿来半坨酥油往磨刀石上涂抹了厚厚一层，然后放到太阳下暴晒，以为等酥油渗透了会变得最好、最美观。

磨刀石在太阳下曝晒三天后，“野山羊嘴”拿来磨刀。然而刀在磨刀石上来回打滑，这时他才恍然大悟上了阿古顿巴的当，怒不可遏的财主拿起磨刀石扔出了大门。

阿古顿巴见财主把磨刀石扔了出来，就悄悄地把它捡回了家，放到一口大锅中煮，把渗进磨刀石的酥油全部都熬出来，然后找到“野山羊嘴”对他说道：“老爷，您实在是位胸怀大度的人，竟然把优质磨刀石扔在了大门外，我把它捡回了家让大家使用。”

财主听了肺都快气炸了，既无话可说又不好意思要回磨刀石，只好灰溜溜地走开了。

不能揭开锅盖

庄园主仁庆在锅里煮了几个鸡蛋，温了一壶酒等着享用时，突然听到有人在敲门。仁庆开门一看，来访者是阿古顿巴。他把阿古顿巴引进屋里很不自在地叮咛道："阿古顿巴，你千万不可揭开锅盖，否则锅里的鸟雀会飞走，壶盖也不能揭开，壶中盛有毒汁，喝了会毒死人的。"自以为聪明过人的庄园主仁庆，其目的就是不愿让阿古顿巴发现酒和鸡蛋。

出乎仁庆的意料，阿古顿巴早就看穿了他的小把戏，趁庄园主出屋做事之际，揭开锅盖一看，锅里并没有什么鸟雀，而是煮有三个鸡蛋，阿古顿巴把鸡蛋捞出来全部吃光。然后揭开壶盖，一股浓浓的酒香扑鼻而来，他把酒也全部喝光了。

不久，庄园主仁庆回到屋里一看，发现阿古顿巴喝得酩酊大醉，正躺在地上鼾睡不醒，于是用脚踢他的屁股把他叫醒。阿古顿巴惊醒后揉着眼睛坐了起来，庄园主问道：“阿古顿巴，你为何睡在了地上啊？”

阿古顿巴愁眉苦脸地说道：“老爷，我闯了大祸，请您原谅！”

庄园主仁庆急切地问道：“你闯下什么大祸了，快说吧！”

阿古顿巴装出胆怯的样子说道：“您叮嘱我不能揭开锅盖，想必锅里藏有无价之宝，我大着胆子揭开锅盖想一饱眼福时，突然有三只鸟飞出来从天窗飞走了。”

庄园主仁庆听了这似是而非的谎言后说道：“这是真的吗？”

阿古顿巴回答说：“老爷，这是千真万确的，看见三只鸟飞走，我深感懊悔，我还从未做过如此荒唐的事。宝贝都飞走了，没脸面见您，于是揭开壶盖把毒水全部灌进了嘴里，想一死了之。我喝了毒水后眼前金花闪烁，全身乏力，四肢瘫软，倒在地上死了。”

庄园主仁庆没好气地说道：“你死了吗？现在不是活得好好的吗？”

阿古顿巴回答说：“我真的还活着！这完全有赖于您踢我的大恩，否则，我早就魂游阴间了！”

庄园主仁庆听了哭笑不得，而阿古顿巴却露出了开心的笑容。

牛肚的用处

一个夏天的夜晚，阿古顿巴在牧帐旁边的森林里睡觉时，突然一阵嘈杂声惊醒了他，他举目四望发现一伙盗贼正在宰杀一头偷来的犏牛，为分配牛肉争执不休。阿古顿巴吓得不轻，打算逃出森林时却被放哨的盗贼发现并被逮住。盗贼用刀指着他的胸口说道："你来此地何干？不老实讲就杀了你！"

"我，我来此地干吗？我是个流浪者呀！"阿古顿巴回答说。

"那就老老实实坐在那儿不要乱动，等会儿分肉时给你也分一份儿。"盗贼说。

阿古顿巴听说给自己也分一份肉，便急中生智说道："我不要牛肉，就把牛肚给我好了，我最喜欢吃牛肚肉。”

没多久，牛肉分配好了，盗贼们确实把牛肚分给了阿古顿巴。他拿上牛肚来到山谷溪水边洗干净后吹足了气保存起来，然后来到盗贼们的地方装作要同吃同饮，以免盗贼们生疑。

盗贼们大吃大喝，不多时个个醉话连篇，醉眼蒙胧，东倒西歪地倒地酣睡。稍微清醒的盗贼头目还委托阿古顿巴为他们站岗放哨，然后倒头大睡起来。

阿古顿巴回到林间，把吹满气的牛肚挂在树枝上，一面用树枝敲打牛肚发出“嘭、嘭、嘭”的响声，一面高声喊叫着说道：“喔唷，别打了，我是贼，我就是贼！”

正在酣睡的盗贼们被阿古顿巴的惨叫声惊醒后，还以为是牛主人逮住了阿古顿巴在拷问呢，急忙起身连鞋都顾不得穿就仓皇逃走了。

这时，东方发白，黎明的曙光照亮大地，有人在林间东张西望，像是在找东西。阿古顿巴站起来问道：“喂，朋友，你在找什么呀？”

来人认出是阿古顿巴，说道：“阿古顿巴兄，人们都夸奖你聪明过人，那你说说是谁偷走了我的犏牛呢？”

“好吧，听我慢慢给你讲。”阿古顿巴领着这人来到森林深处，指着盗贼们遗留下的残物和牛骨碎肉说道：“牛被盗贼们宰杀了，这些是吃剩的骨头和碎肉，以及还没有来得及拿走的大块肉和衣服，你拿去变卖后再添一头犏牛吧，没有牛就种不了地啊！”

找牛人谢过阿古顿巴后，两人拿着东西一同走出了森林。

驱赶乌鸦

土司“聪明”的管家知道阿古顿巴是个能干而又机智的人，所以不经土司认可就悄悄打发他去经商。阿古顿巴遵从管家的吩咐，拿上银袋，赶了七八匹骡马出门经商去了。可是，从小吃了上顿讨下顿的阿古顿巴哪有做买卖的本领呢？心想怀揣如此多的银子是个负担，于是一路走一路就将银子分发给了穷人们，没多久就身无分文了。当他打道回府见到管家后撒谎道：“在荒山野岭遇上了强盗，银子全部被抢走了。”

管家听了既愤恨又惊惶，怕土司知道了就会大难临头。因此，既不敢声张又不敢大肆追究阿古顿巴的责任，私下严命阿古顿巴在半年之内必须还清本银，否则严惩不贷。

吃了上顿没下顿的阿古顿巴只得硬着头皮答应了下来。

时间过得飞快，半年的期限转瞬间就到了。一天，阿古顿巴路过一座寺院时，突然发现管家从对面走来。这时，太阳快要落山了，夕阳的余晖照射在寺院宫殿金顶上放射出耀眼的光芒，一群乌鸦在金顶盘旋，不少乌鸦已经落在了金顶上。阿古顿巴急中生智，迅速从地上捡起一块石头投向乌鸦，想把乌鸦赶走。

管家来到阿古顿巴面前，还没来得及逼债，阿古顿巴抢先说道："管家大人，钱大半已准备好了，还没来得及还给你，因为这些天我在寺院应差，天天在这里驱赶乌鸦，根本腾不出时间回家呀！"

管家急忙说道："钱准备了大半就好，你赶快回家去取钱，我代替你驱赶乌鸦吧。"

阿古顿巴回去后，管家尽职尽责地驱赶乌鸦，赶走一群，又来一群，忙得他不可开交，正在经堂诵经的僧人听到石击金顶的响声后纷纷跑出经堂察看，只见有个人正在用石块击打金顶，这是对佛教和寺院最大的亵渎，纠察僧冲上去一棒打得管家晕头转向，然后拖进寺院关了起来。

披着法衣的凶手

从前，在西藏丁青县有个叫作“自然佛”的假喇嘛，人们称他为“七日佛”。据说丁青县有人想证得佛果，就把自己的全部钱财奉献给他，七天之内便会自然成佛。因此，获名“七日佛”。

丁青地方的老百姓因深受头人和领主的残酷剥削和压迫，都想成佛而脱离苦海，因此都很信奉他，把自己仅有的钱财拿来献给“七日佛”，抱着就地成佛的心愿纷纷到寺院去修行。七天过后前来修行的人不知到哪里去了，竟不见一人。“七日佛”却说：“那些人因忠诚老实都获佛位成佛啦。”从此，人们更加相信“七日佛”了。

阿古顿巴对此事产生了极大的怀疑，想亲自到“七日佛”

那里去体会一下证得佛位的修行过程。一天，他来到寺院对“七日佛”说道：“启禀自然佛阁下，鄙人非常想证得佛位，但今天没带厚礼，只带了一把钥匙献给您，等我往生极乐世界成佛后，您的供养就到我家里去拿吧！”说着便把家门钥匙双手敬献给了“七日佛”。

“七日佛”从阿古顿巴的穿着打扮判断他不像是个穷乞丐，便接过钥匙欣喜地说道：“像你这样的信徒举世无双啊，三宝一定会引领你到清净界成佛的。”说罢领着阿古顿巴经过一道弯弯曲曲的走廊来到一间小屋前打开铁门说道：“屋内天窗下面有块石板，你每天跏趺坐在石板上紧闭双目，清净修道，头三天可少用午餐，后三天要完全绝食，第七天你定会成佛往生极乐世界。”

阿古顿巴进屋后，“七日佛”立即锁住了小门。黑洞洞的小屋空无一物，只有一线阳光从天窗直射到天窗下面的石板上面。阿古顿巴推了一下天窗，发现天窗从屋顶被钉得死死的。阿古顿巴自言自语地嘲笑道：“嘿嘿，难道说七天后饿死在这漆黑的小屋里就算证得佛位，往生极乐世界吗？”

阿古顿巴进屋后的头三天中午，由“七日佛”亲自送来小半碗糌粑和一碗清茶，还假装关怀地询问阿古顿巴是否在石板上跏趺坐修。阿古顿巴回答说：“尊敬的‘自然佛’，我遵照您的教诲在虔诚静修呢，可就是肚子饿得难以忍受啊！”

到了第五天，当阿古顿巴饿得实在难以忍受时，突然从小屋墙角落散发出一股腐味，他想这是不是腐青稞味呀？假如墙角里藏有青稞就无须受饥饿的煎熬了。他到墙角用手一摸，摸到了一根木棍，他用木棍去挖时，随着一股腥臭味挖出了一根软绵绵的东西，把它拿到天窗下一看，阿古顿巴大吃一惊，原来是人的一条断胳膊。由此，阿古顿巴更加坚信“七日佛”是个多么残暴的杀人凶手啊！他再也忍受不了这种折磨，脱下外衣做成一个蹲坐的假人安放在石板上面，自己躲在屋子角落观察往后会发生什么事情。

到了第七天的清晨，阿古顿巴正躲在屋子的角落，屏住呼吸静静地观察将要发生的事情时，天窗突然打开，“七日佛”对着天窗朝屋内呼唤阿古顿巴的名字，阿古顿巴没有理睬。这时，“七日佛”从天窗塞进一个黑乎乎的东西砸在了假人的头上，然后关上了天窗。阿古顿巴过去仔细一看，那个黑乎乎的东西原来是根石杵，吓得阿古顿巴冒出了一身冷汗。

天大亮后，“七日佛”拿着一把镢头来到了小屋打算埋掉阿古顿巴。但当他发现石板上面坐着的并非是真人而是用衣服做的假人时，吓得他魂不附体，急忙想逃跑时被阿古顿巴牢牢地抓住并夺掉镢头问道：“尊敬的‘自然佛’，您想挖坑吗？让我来帮您挖吧！”

“七日佛”惊魂未定地说道：“噢噢，你还没有到极乐世界去吗？”

阿古顿巴回答道：“哎呀，我还没有积够资粮，您虽用石杵砸我，但我尚未离开人间。尊敬的‘自然佛’啊，我选择了活下去，请您保佑我吧！”

“七日佛”又气又吓，浑身发抖，知道阴谋已败露，就想上去掐死他，但见阿古顿巴手里握着镢头怒视着他，哪里还敢下手。“七日佛”装着悲伤的样子长叹一口气说道：“这都是前世的宿缘，因为你无罪孽，我保佑你也无益。看来我超度众生往生清净界的人数已经太多，本月十五日我自己涅槃后将升入清净界去。”

阿古顿巴假装不忍分离的样子说道：“尊敬的‘自然佛’啊，您引领众生往生清净界劳苦功高，我们不愿和您分离，但也不敢违背您的心愿，我们多准备些酥油和油松，做一座漂亮的灵塔，以感谢您的恩典。”

阿古顿巴离开寺院来到村庄，村民们以为他早就成佛去了清净界，怎么又突然回来了呢？纷纷前来问道：“阿古顿巴兄弟，你不在天界享福，怎么又返回人间来受苦呢？”

阿古顿巴说道：“我因福分浅薄，无缘成佛啊！”当大家都为他感到惋惜时，阿古顿巴这才告诉大家：“本月十五日，‘七日佛’将‘涅槃’归天，大家快去多准备些酥油和油松，风风光光地送‘七日佛’往生极乐世界吧！”大家听了满心欢喜，高高兴兴地回家去做准备。

十五日这一天，在寺院门前造了一座大灵塔，远近村庄的百姓背着酥油和油松都来到寺院大门口。这时，“七日佛”像热锅上的蚂蚁坐立不安、脸色发青、心急如焚地在屋里走来走去。阿古顿巴走进屋子说：“尊敬的‘七日佛’，您的灵塔已经造好了，各村的老百姓不分男女老幼都来为您送行，现在请您上路到清净界去吧！”

这时，村民们来到经堂看见“七日佛”还活着，就对阿古顿巴说道：“阿古顿巴兄弟，‘七日佛’还没有死，等会儿再焚尸吧。”

阿古顿巴有些不耐烦地说道：“诸位阿克阿妮们，今天是十五日，‘七日佛’亲口说今天他要去清净界，现在他虽然还活着，那只不过是一个幻身血肉之躯罢了，若不把幻身投入烈火，“自然佛”就无法往生清净界啊！”

有位村民出来对阿古顿巴说道：“阿古顿巴兄弟，先不要着急点火，假如活活烧死‘七日佛’，恐怕百姓要遭殃哩！”此话被“七日佛”听见后窥见到了人们的怜悯心理，于是放声念诵佛经，想以此博得更多人的怜悯。

阿古顿巴深知“七日佛”在借诵佛经欺骗群众，于是气冲冲地说道：“诸位阿克阿妮们，大家不能再上当受骗了，不要光看他假惺惺地口诵佛经，其实心肠十分歹毒，他以死后成佛为借口，大量掠夺我们的财富，惨杀我们的亲朋好友，所谓往生清净界享福完全是骗人的鬼话，你们绝对不能相信，我带领你们到那间漆黑的小屋去看看就明白了！”

大家听了阿古顿巴的话后，留下几位身强力壮的年轻人看守“七日佛”外，其余的人都跟随阿古顿巴来到了寺院那间黑屋中，点燃油灯，用镢头挖掘出许多尸体。阿古顿巴趁机向大家讲述了自己被“七日佛”关进黑屋受迫害的经过，并一一指认了天窗、石板、镢头、石杵等凶杀物证。这时，所有人都感到无比震惊，于是人们义愤填膺地返回寺院，不由“七日佛”分说，脱去其法衣，将其拖到寺院大门外，扔进熊熊燃烧的大火中。

新娘“变”野狗

从前，有一对农民夫妇抚养着一个如花似玉的女儿，夫妻两人视其为掌上明珠。姑娘出落得不仅身段窈窕，容貌美丽，而且心灵手巧，很能吃苦。因此，不仅博得全村年轻人的眷恋和喜爱，而且十里八乡慕名而来求婚的人也络绎不绝，门前总是车水马龙，这使姑娘的父母亲拿不定主意，不知道到底把女儿许配给谁为好。

姑娘家屋后石崖上刻有一幅观世音菩萨像，女孩的父亲早就想去祈求观世音菩萨赐示预兆。一天晚上，他把自己的这个想法告诉给了老伴儿，老伴儿表示赞同。

第二天早晨，老两口洗漱完毕后携带祭祀供品，来到菩萨石像前摆好，烧香煨桑，双膝跪在地上虔诚祈祷，祈求观世音菩萨显灵赐示预言，把女儿嫁给谁为好。“菩萨”果然预言道：

明天太阳升起时，
门前光临求婚人，
许配女儿莫迟疑，
享受幸福无穷尽。

夫妻二人听到菩萨的预言后非常高兴，回到家中积极准备盛宴，通知亲朋好友前来参加婚宴。

第二天早上，亲朋好友陆续前来恭喜，客人们一面饮酒唱歌，一面等待新郎的到来。当朝阳的光芒照射到屋顶时，只见一位年近六旬、头发花白、满脸皱纹的老鳏拄着拐杖，一瘸一拐地前来求婚。宾客们一见此人惊得目瞪口呆，老夫妻二人惊慌失措，心想：“没有把女儿许配给有钱有势和年轻英俊的小伙子结成伉俪，却要把女儿嫁给这个相貌丑陋、污秽满身的老鳏为妻，实在出乎预料。”母亲想反悔，却被父亲劝阻道：“佛旨不可违抗，说不定先苦后甜，女儿必有后福啊！”于是，把老鳏请进了家中。

当时，阿古顿巴也来参加婚礼，他对这个品德低下、非神非鬼的老鳏的伎俩早就了如指掌，对于老夫妇祈佛降旨的做法看在眼里记在心中。他为了及时救助这位姑娘，面带笑容地对着老鳏祝福道："吉祥如意！姑娘选择夫婿时要取得神佛的同意，实在出乎俗人的意料，我向你表示衷心的祝贺！"说着献上了一条洁白的哈达。老鳏对阿古顿巴的热情祝福表示感谢，并将他视为最好的朋友。

婚庆典礼结束后，阿古顿巴将老鳏请到一间小屋中喜忧参半地说道："老人家，无须讳言，你能娶上这位貌美如花的姑娘是你前世修来的福。但是，外面的年轻人们正在商量抢亲的事，你可要小心提防哦！"

老鳏吃惊地说道："这可如何是好啊！"

阿古顿巴为他出主意，说道："办法自然是有的，你把姑娘装在一个大箱子里，背到半路上找个隐蔽的地方藏起来，然后回家去做好迎接新娘的准备，等到天黑时再把箱子背回家去。但你要注意千万别把箱盖揭开，一旦揭开，姑娘就会大喊救命。这时，埋伏在周围的年轻人就会把新娘抢走。"

新婚喜宴结束后，等所有客人散去，老鳏按照阿古顿巴的嘱咐把新娘装在箱子里，背到半路上把箱子藏在了水边的一个石洞里，然后回家去做迎接新娘的准备。

这时，悄悄跟随其后的阿古顿巴来到石洞中，揭开箱盖放出姑娘，并把一条野狗装在了箱子里，然后亲自把姑娘送回了娘家。

姑娘被老鳏装在箱子里背走后，老夫妻俩痛不欲生，正在哭天抹泪地伤心时，突然见到女儿去而复归，夫妻俩喜出望外。这时，阿古顿巴对老两口说道："二位老人，你俩想想，世上哪有会说话的石像呢？事情的真相是你俩在商量向石像祈求预言，把女儿到底许配给谁好时，正巧被站在门外的老鳏偷听到了，于是悄悄躲在石像后面假装菩萨开口说话，你俩却信以为真了。"老两口这才恍然大悟。

当天黄昏时分，老鳏急忙来到水边石洞中，背着箱子兴高采烈地回到家中，把箱子小心翼翼地放在堂屋中央，然后关上大门，摆上酒肉佳肴，来到箱子旁边喜滋滋地说道："我的心肝宝贝呀，快出来喝喜酒，共度洞房花烛之夜吧！"说着欣然揭开箱盖时，被关在箱子里急疯了的野狗猛地跳出来死死咬住了老鳏的喉部不松口，老鳏惨叫一声去见阎王了。

和喇嘛阿噶比智慧

阿古顿巴家里很穷，因生活所迫不得不去做喇嘛阿噶的徒弟。喇嘛阿噶是个贪婪、残暴而不遵戒律的人，对待徒弟非常苛刻，阿古顿巴的日子过得十分艰难。

怎样分配马与山羊

阿古顿巴经常跟随师父喇嘛阿噶外出诵经修法，常常诵经诵得口干舌燥，疲惫不堪，而施主布施的钱财和牛羊都被喇嘛阿噶找出种种借口全部占为己有。有次，头人家死了人，师徒二人前去超度亡灵。超度仪式结束后，头人为师傅施舍了许多银钱，给阿古顿巴布施了一匹马和一只山羊。在回寺院的路上阿古顿巴问喇嘛阿噶道："师傅，这匹马是头人布施给我的呀，可您为何牵着缰绳不放呢？"

喇嘛阿噶瞪着眼睛说道："胡说什么呀！马是给我的，山羊才是给你的啊！"

他俩争辩了半天毫无结果，阿古顿巴对喇嘛阿噶说道："师傅，我俩争论白费口舌，马和山羊咱俩平分算了，首先分马吧，我只要马的脊背，除此全部给您，您看怎么样啊？"

喇嘛阿噶赞同，心想："马背只有一尺长短，剩下的四肢、马头、马尾都归我所有，这很划算嘛。"于是说道："可以，可以。"

第二天早晨，要给马添料饮水。阿古顿巴对喇嘛阿噶说道："师傅，马口渴了需要饮水了，马口属于您，您应去给它饮水哟！"

喇嘛阿噶无话可说，只得牵马到河边去饮水。等喇嘛阿噶饮水回来后阿古顿巴又说道："师傅，马肚子饿了，马肚子属于您，您应该去放马了呀！"

喇嘛阿噶又无话以对，把马牵到草场放开吃草。草场上水草茂盛，马吃着吃着走到了草场深处。阿古顿巴对喇嘛阿噶说道："师傅，马走远了怕丢失，马腿属于您，您应当去把马牵回来呀！"

喇嘛阿噶腆着大肚子，深一脚浅一脚地在大草原上寻找了半天才找见了马。当他把马牵到前来接他的阿古顿巴面前时，浑身沾满了泥水，气喘吁吁地连张嘴说话的力气都没有了。阿古顿巴说道："师傅，天快要黑了咱们回去吧！"说着从喇嘛阿噶手中接过缰绳骑在马背上准备要走时，喇嘛阿噶怒气冲冲地跺着脚说道："我喂饱了马你为啥要骑？勒住马不要走！"

阿古顿巴骑着马，往前走了几步回过头来笑着说道："师傅，我骑的是马背，马背是分给我的份子啊！"说着催马扬鞭而去。喇嘛阿噶捶胸顿足，嘴里一边不停地咒骂着，一边沿马蹄印走回寺院。

第二天早上，喇嘛阿噶突然对阿古顿巴说道："现在我除了马背外什么都不想要啦！"阿古顿巴知道这是师傅想报复自己，但假装不知而欣然同意。吃过早餐后喇嘛阿噶催促徒弟出门去念经，但阿古顿巴不慌不忙地从马褡裢取出马蹄绊绊住了马足，说道："师傅，您想出去就去吧，马的四肢属于我，它现在还不想出去哦！"

马足被阿古顿巴用马蹄绊给绊住了，喇嘛阿噶想骑马出行的计划落空了。因此，他不想再次上当受骗，遂向徒弟提出了不愿分配山羊的想法。

阿古顿巴自从把山羊赶回寺院，每天都精心喂养，山羊长得膘肥体壮，虽想宰掉分给师兄师弟们吃，但想到以往每次宰羊时，喇嘛阿噶给大家只分少许内脏外，从不分肉给大家享用。为此，阿古顿巴绞尽脑汁了一番，终于想出了一个好办法。

山羊喜欢吃盐巴，这是山羊的本性使然。一天，阿古顿巴炒了一碟盐巴喂给了山羊，山羊吃了炒盐后嘴唇和舌头上长出了许多水泡。他告诉师傅说："师傅，我们的山羊患上了热病，满嘴水泡溃烂化脓，根本吃不了草，赶快宰掉吧？"喇嘛阿噶表示反对说："不能宰杀，赶快拉到市场上去卖掉算了。"

阿古顿巴把山羊拉到市场上喊叫道："喂，大家听着，我的这只山羊口腔发炎得了热病，有人愿意买吗？价钱很便宜啊！"

赶集的牧民听说他在卖口蹄疫羊，不仅不予答话，而且还怕传染躲得远远的。晚上，阿古顿巴回到寺院后向师傅汇报了山羊卖不出去的情况。喇嘛阿噶不相信，第二天要和阿古顿巴一道上市场去卖。

第二天，师徒二人牵着山羊到集市上去出售。来到市场后阿古顿巴大声叫喊道："有人买山羊吗？价钱很便宜哟！”赶集的人们看到又是他在出售昨天的那只病山羊时，纷纷捡起石头打他。身体敏捷灵活的阿古顿巴躲过投过来的石子，却偏偏打中了身体肥胖、动作笨拙的喇嘛阿噶，他被打得鼻青脸肿。阿古顿巴跑到师傅身边说道："师傅，我说不敢卖，您却非来卖不可，怎么样啊，吃亏了吧？我看赶快把山羊杀掉吃肉算了！”

喇嘛阿噶哭丧着脸表示同意，但他既不想吃亏，又憎恨阿古顿巴让他吃了苦头，便气愤地说道："羊肉分成两份，分两天煮，一天吃一半，明天我吃肉你喝汤。"阿古顿巴痛快地答应了下来。

第二天，阿古顿巴把带有少许山羊肉的一个大碗端给喇嘛阿噶说道："师傅，这是半扇羊肉，您若不相信，可以到厨房大铜锅里检查检查。"

喇嘛阿噶来到厨房揭开铜锅一看，发现羊肉被大火煮得全部脱了骨，肉都化成了汤，气得他大骂阿古顿巴是个大傻瓜，手里端着碗，眼馋地望着阿古顿巴喝浓稠的羊汤。这时，喇嘛阿噶突然气冲冲地说道："阿古顿巴，明天我喝汤你吃肉吧！”阿古顿巴愉快地答应了。

翌日，阿古顿巴把另外那半扇山羊肉放到铜锅里煮到半滚半沸时，灭了火锁上厨房门去睡觉了。到了中午吃饭时，阿古顿巴端着一碗上面漂着一点油花的肉汤给喇嘛阿噶，说道："师傅，这是山羊鲜肉汤，请您快趁热喝吧。"

喇嘛阿噶看着清澈如水的肉汤，气得不知该说什么好，只有呆坐在坐垫上诅咒阿古顿巴。

自作自受

喇嘛阿噶对阿古顿巴恨之入骨，时时刻刻都想拔掉这个眼中钉肉中刺，欲置他于死地而后快。

有次，他们俩到村落一俗人家做完讽诵经忏仪式回寺院时，喇嘛阿噶心怀鬼胎故意拖延时间而耽误了赶路，当来到一湖畔时天已漆黑一片，不得不停下来过夜。临睡前师傅说："阿古顿巴，你年轻体壮不怕风吹雹打，就睡在湖边为我遮风挡雨吧。"

聪明的阿古顿巴心知肚明，狡猾的喇嘛阿噶之所以在回归寺院的路上故意找借口拖延时间，现在又在湖边打尖过夜，目的是想借水怪夜叉加害于我，想把我置于死地啊。于是说道："师傅，吃点东西再睡吧，我饿得慌呀！"

喇嘛阿噶一口拒绝说："睡吧，睡吧，睡着了就不饿了，睡觉前吃糌粑是浪费。"说着一头钻进了绵软温暖的氆氇大氅中。阿古顿巴知道和他争辩毫无意义，也就违心地躺在了地上。

漆黑的夜晚，月亮被乌云遮蔽，凉风吹来寒气袭人，穿着单薄衣裳的阿古顿巴冻得瑟瑟发抖，又怕喇嘛阿噶陷害而睡意全无，全身卷曲在破旧的皮袍中回忆一天来的经历。特别是想起到湖边时，喇嘛阿噶东瞧瞧西看看，尤其观察湖水的深浅，目的明显是为了趁他熟睡时要把他扔进湖里去。想到这里，阿古顿巴暗下决心："你不仁，我不义，必须想个对策报复你。"于是假装酣睡，鼾声如雷。

喇嘛阿噶预谋陷害阿古顿巴，所以非常警觉，看见阿古顿巴倒地而卧且鼾声如雷，想等到半夜再行动，于是美美地睡着了。这时，假装熟睡的阿古顿巴看见喇嘛阿噶睡得像死猪一样，便悄悄起来，把师傅的法器、褡裢等卷到衣服里放在自己睡觉的地方，然后藏到一个深坑里观察师傅的动静。

到了半夜时分，喇嘛阿噶趁茫茫夜色，起身来到阿古顿巴睡觉的地方，抱起衣服诅咒道："你到彼岸去吧！"说着将衣服用力扔进了湖中，然后心满意足地腆着肚皮钻进了氆氇大氅中睡觉。

第二天早晨，喇嘛阿噶煮好茶准备吃糌粑时才发现褡裢和法器不翼而飞了，当他东找西觅时却发现阿古顿巴在一个大坑里睡得正香。这使他大惊失色、百思不得其解，慌忙吃惊地向阿古顿巴问道："阿古顿巴，褡耙褡裢哪去啦？"阿古顿巴揉揉双眼笑着回答道："褡裢吗？昨晚三更半夜时，我在睡梦中听您说'你到彼岸去吧'的诅咒声，现在却来问我，我哪里知道呀！"问得喇嘛阿噶满脸通红，无地自容，望湖兴叹。

粘东西

喇嘛阿噶很富有，但他还总是借外出举行讽诵经忏仪式之际，顺手牵羊拿走施主家的东西。阿古顿巴对他的这种不良行为虽然极为不满，但也无可奈何，不敢当面公开指责，心想总有一天要揭露他的这种恶劣行径。

有一次，师徒二人到一户施主家去诵经作法事。施主听说喇嘛阿噶是位"功德无量"的高僧，亲眼看见他穿着华丽，外表威严，便尊敬有加而感叹不已，而对衣衫褴褛的阿古顿巴十分藐视不尊，甚至连喝碗茶水也会嫌弃不已。喇嘛阿噶借机摆出更加尊贵的架势，这使阿古顿巴非常生气。

中午用餐时，喇嘛阿噶发现自己的座椅背后吊着一根优质皮绳，便悄悄地拿过来拴在了自己的腰带上，却不知绳的另一头却挂在了旁边的马鞍上。他的所作所为被阿古顿巴看得一清二楚。吃罢午饭起身离座时绳头扯得马鞍发出了“轰隆”的响声，施主惊奇地问这是什么声音时，喇嘛阿噶羞得说不出话来。正当师傅危难之际，阿古顿巴开玩笑地说道：“师傅在展示幻术粘物的神通，你看不是把你家的马鞍给粘过来了吗？”

施主见马鞍还在便不去深究，而喇嘛阿噶却异常兴奋，他确信“幻术粘物”这句谎言可以哄骗不少人，今后可以继续玩弄这种神通。但他根本没有理解阿古顿巴这句话的真实含义。

第二天，施主煮了一大盘羊肠招待师徒二人，贪婪的喇嘛阿噶大吃大喝不算，还悄悄偷了几截血肠缠在了头顶，然后再把帽子戴在了上面。这件事又被阿古顿巴看在了眼里。

吃了肠子来到屋顶诵经，施主全家人都来聆听佛经。喇嘛阿噶假装请来了龙王的样子，声调缓慢地念诵道：“仁慈而又怜悯的至上珍宝龙王爷，大驾光临祭祀处。请为施主依怙尊，赐授宏业无障碍，财运亨通具财缘，嘱托事业皆圆满。”喇嘛阿噶在念词中的“龙王”暗指他藏在头顶的羊肠，阿古顿巴领会了师傅在给他打招呼，于是念叨道："敬请师傅听徒讲，龙王压得已死亡，现在无法受差遣，嘱托事业难完成。"

喇嘛阿噶听完后生气地念道："如果龙王被压死，我要扇你两耳光！"

阿古顿巴念道："你若扇我两耳光，我就摘掉你帽子。"喇嘛阿噶以祈求的口气说道："阿古顿巴，龙王真的死了吗？快帮我把羊肠拿走，施主来啦！"

喇嘛阿噶要求把羊肠拿走，可是阿古顿巴根本不予理睬，他绝不允许喇嘛阿噶为了敛财而欺骗人们。说道："师傅，你要是再啰嗦，我确实要摘掉你的帽子噢！"

喇嘛阿噶不敢继续争论下去，说道："不要说了，听我念经！"

施主家的人知道了喇嘛阿噶请不来龙王，便纷纷离去，他们对喇嘛阿噶的法力产生了怀疑，心中极为不满。喇嘛阿噶见此情景心生畏惧，立刻叫上阿古顿巴离开施主家的家庙时，发现庙门前插有一根光滑闪亮的长矛，系在戈矛颈部的哈达迎风飘扬，喇嘛阿噶十分贪婪，又想据为己有，但羞于亲自偷盗，于是对阿古顿巴说："阿古顿巴，你看这支神戟锋利无比，可用它降魔消灾，也可以防狼护身，你去把它拿来带走！”

阿古顿巴鄙视地回答道：“我不需要它，您想要就亲自去把它拿走啊！”

喇嘛阿噶说：“好吧，我亲自去拿好了。我把它拿来插在后背腰带上，外罩披肩，矛头戴上高筒帽，谁也看不出来。”说着上前把长矛拿过来并藏了起来。

阿古顿巴对喇嘛阿噶的这种卑劣行为极为反感，他返回施主家对施主说：“老爷，我师徒俩要回寺院去，请您在门前设一坐榻，请求我师傅最后讽诵经忏保佑你家平安。如果师傅不允诺，你们要再三请求他诵经祈祷。否则，神会降罪于你们的呀！”

施主拍着阿古顿巴的肩膀说道：“谢谢，谢谢你的提醒！”

当师徒二人走出大门口时，施主家的男女老幼都跪在诵经坐榻前，施主上前请求喇嘛阿噶上座诵经。喇嘛阿噶因身后插有长矛不便就座，正在推辞僵持时，阿古顿巴打开经包奏响螺号，坐在榻下坐垫上准备举行招财引福仪轨。这时，施主推推搡搡地把喇嘛阿噶扶上宝座时，插在身后的长矛顶开帽子高高露在外面，施主家的所有人惊骇不已，没想到“贤正善良”的喇嘛阿噶竟然变成了一个偷盗长矛的小偷，头上还缠着向外渗油的血肠，真是不可思议啊！原本十分尊重喇嘛阿噶的施主嘲笑道："噢噢，大喇嘛见了好东西就'粘'走，今后再也不敢请你念经了！"

从此，川西地区的草原上广泛流传着喇嘛阿噶"粘东西"的笑话。

师傅在衣箱里

阿古顿巴忍受不了喇嘛阿噶的欺压迫害，还俗结了婚，但为了准备生产资金，不顾高昂的利润向喇嘛阿噶借贷钱款。他结婚后夫妻相敬如宾，和睦相处，踏踏实实地精耕细作，生活虽不富裕但也美满幸福，只是喇嘛阿噶三天两头上门逼债，让夫妻俩很头痛。

一天，阿古顿巴出门办事时正好碰上了喇嘛阿噶，无处可躲，便迎上前去热情问候，笑容满面地说道："师傅，您辛苦了，到家里去歇歇吧，我让妻子熬茶招待您老人家，借您的贷款马上偿还给您。"

喇嘛阿噶早就听说阿古顿巴的妻子貌若天仙，很想去饱饱眼福，但因忙于外出念经总是不得空，心想："今天阿古顿巴邀我到他家里喝茶还钱，何乐而不为呢？"于是，痛快地答应了邀请。他来到阿古顿巴家见到阿古顿巴如花似玉的妻子后当面奉承，谄媚恭维，还贼眉鼠眼地打量着女人的美体。在喇嘛阿噶眼里，女人对他的怒目而视也是夺人心魄的魅力，就连端在手里的茶是苦是甜都分不清楚了。

天黑之后，阿古顿巴对色眯眯的喇嘛阿噶说道："师傅，明天我到城堡官员家要回月钱后来还您的贷款，明天要早起早去，今晚需要早点休息，实在对不住您呀。"说着解开腰带脱下皮袍睡在了灶旁。

喇嘛阿噶大失所望，他虽不愿离开这顶破烂帐房，但阿古顿巴已经睡下，使他不得不离开。在回寺院的路上心想："明天，阿古顿巴要去讨债，家里只有他漂亮的妻子一人，这不就是我乘虚而入的绝佳机会吗？"他越想越高兴，放快脚步赶路，不一会儿就回到了寺院。

第二天早晨，阿古顿巴特意来到寺院，向喇嘛阿噶问安后嘱托他关照一下自己的妻子，以免受到意外的伤害。阿古顿巴当然知道"养狼不会成为牧羊犬，养贼不会成为看门人"的道理，但为了解除喇嘛阿噶的顾虑，就故意说给他听。

阿古顿巴离开寺院后，喇嘛阿噶度日如年，焦急地等到太阳快落山时脱下袈裟，换上一身绸缎新衣，头戴狐皮帽，脚蹬崭新皮靴，认认真真地打扮一番后趁周围的人入睡之际，溜出了寺院大门直奔阿古顿巴家。当他刚刚推开帐前护栏钻进黑洞洞的帐房时，突然从帐外传来阿古顿巴的叫喊声：“黑天半夜钻进女人的帐篷做何解释啊！”吓得惊慌失措的喇嘛阿噶在黑暗中伸手摸到了一口大衣箱，迅速打开箱盖跳进去藏了起来。阿古顿巴来到帐房里，看看没发现什么，便故意装作天黑看走眼了，这时妻子问他怎么这个时候才回家。阿古顿巴回答说：“事出意外呀，半路上凑巧碰上了头人索南丹增，他要我把父亲借他的欠款明天必须还清，否则，要拉你去顶债，我不得不半道返回来和你商量呀。”

妻子领悟了丈夫所说的话是编造给喇嘛阿噶听的，所以装作非常忧愁的样子和丈夫商量如何偿还债务的事情，最后决定把衣箱卖掉还债。阿古顿巴拿来一根绳子，夫妻二人合力把藏有喇嘛阿噶的衣箱结结实实捆绑了起来，然后连说带笑地睡觉休息。关在衣箱中的喇嘛阿噶这时呼天天不应，唤地地不灵，只是不停地口诵嘛呢，以此转移全身的疼痛。

第二天天亮后，阿古顿巴背着衣箱上市场去出售，肥胖的喇嘛阿噶重得像头牦牛，阿古顿巴在沿路休息了好几次。当他来到喇嘛阿噶的山寺门前后将衣箱放在地上，自言自语地说道:“这口箱子为何如此沉重啊，现在又饥又渴，干脆到寺院里讨碗茶喝吧！”说着离开箱子到寺院门口。

这时,从寺院走出两个穿着袈裟的僧人,他俩口念嘛呢，手摇经筒，走到衣箱边停下脚步议论起来。关在衣箱里的喇嘛阿噶听出二人的声音后小声说道：“尕藏，我是喇嘛阿噶，被歹徒关在了箱子里，快放我出来！”

尕藏听到了喇嘛阿噶在箱中求救的声音，准备解开绳索放人时，坐在寺门口观察动静的阿古顿巴大声说道:“喂，不要动我的箱子，我要背到市场去变卖哩！”

箱子里的喇嘛阿噶听到阿古顿巴的喊叫声后对尕藏小声说道:“尕藏,请你把这口箱子买下来吧,我会重谢你的！”

尕藏对阿古顿巴说道：“箱子卖给我吧，你要多少钱呀？”

阿古顿巴回答说：“我要白银一百两！”

尕藏嫌价钱太贵，说道:“你这箱子值不了一百两银子，我不买了！”

喇嘛阿噶着急地说道：“尕藏，一百两就一百两吧，你答应买下，银子由我付嘛，你怕什么呀？”

尕藏听了喇嘛阿噶的解释后说道：“喂，这位兄弟，一百两就一百两吧，卖给我吧。”说着蹲下来准备背箱子时，阿古顿巴却改口说道：“一百两是箱子钱，捆箱子的皮绳是条优质绳索，再加上我长途背到这里不容易，因此再加一百两，总共二百两银子，你拿银子来，一手交钱一手交货。”

这时，箱子周围集中了许多围观的人，人多口杂，纷纷议论道：“箱子里装的是什么东西竟值二百两银子啊！”

喇嘛阿噶听了人们的议论惶恐不安，心想如果看热闹的百姓愈来愈多，那自己的名誉就会扫地。于是，请求尕藏赶快把箱子买下来。尕藏回到寺院拿来白花花的二百两银子交给了阿古顿巴，阿古顿巴这才把箱子交给了尕藏他们。

阿古顿巴卖掉箱子后迅速回到家里，把二百两银子分给了周围的穷人。从此，阿古顿巴夫妇的事迹享誉大草原。

赛文比武

有一天，头人老爷们集中开会，研究讨论如何处置“违命毁誓”的阿古顿巴的问题，与会者都恨得咬牙切齿。一位头人发言说道：“阿古顿巴这个贱奴时常挑拨我和农奴的关系，使我不得安宁……”话还没说完，有个头人抢着说道：“前天，阿古顿巴教唆农奴端珠拒缴债务，实在可恶至极啊！”大家你一言我一语，指责阿古顿巴是个制造事端的祸根，对其恨之入骨。

然而，讨论来讨论去总是拿不出一个如何置阿古顿巴于死地的办法来。大家都认为阿古顿巴是个足智多谋的人，而且深得农奴们的普遍信赖，实在不好对付。如果把他抓起来杀掉，农奴们是不会答应的。如果不设法弄死他，他就像眼中的钉子令人讨厌。正当与会者想不出除掉阿古顿巴的办法时，老奸巨猾的“智者”益希说道：“请诸位不必发愁，由我亲自出马和阿古顿巴赛文比武，用温和与残暴的两种方法战胜他，请大家支持我吧！”

听了益希的发言大家都拍手称赞，认为这是个合理合法的主意，这样做既能羞辱阿古顿巴，又可以压压农奴们的嚣张气焰。接着讨论了比赛的时间和具体方法。

值得庆幸的是，头人老爷们讨论的内容被为他们送茶倒水的奴仆诺吾听得一清二楚，他想阿古顿巴是个善良的人，他时常帮助农奴们做好事，现在头人老爷们想暗害他，必须要把这罪恶的消息及时悄悄地告诉他才对。

第二天，诺吾乘机偷偷来到阿古顿巴家，把头人老爷们要谋害他的情况详详细细地告诉了他，要他提高警惕，早想办法对付。

当天晚上，阿古顿巴找来穷朋友们商量对策。阿古顿巴告诉大家说：“头人老爷们决定要杀害我，准备在今年寺院举行修供仪轨时，让‘智者’益希和我进行比赛，首先采取温和的方式进行辩论，失败者由铁棒喇嘛杖击一千，不愿挨打，就交一千银元。然而，他们输了能交得起银元，如果我输了交不起银元就只有挨打了，可是杖击一千则必死无疑，这分明是想置我于死地啊！不过，采取温和的方式进行比赛，我不怕益希。如果以残暴的方法进行比赛，他们定会采用卑鄙的手段加害于我。朋友诺吾悄悄告诉我说，他们准备在赛马时，制作两副一模一样的马鞍，一副马鞍下暗藏涂有毒汁的刀子，当人坐在马鞍上催马奔跑时，刀子会刺穿马鞍直刺入身体，待毒性发作后人会很快死去，这副暗藏有毒刀的马鞍就是为我准备的。”

阿古顿巴的穷朋友们听后怒火中烧，纷纷斥责头人老爷们无耻透顶，阴险毒辣，毫无人性。有的劝阿古顿巴躲起来不要参加比赛；有的主张不能逃走躲避，否则头人老爷们的气焰会更加嚣张，应当想办法抗衡才对。阿古顿巴也认为逃避躲藏不是办法，躲得了初一躲不过十五，想办法战胜他们才是上策。

光阴似箭，日月如梭，比赛的时间只剩下两三天了。有天晚上，益希的侍从扎西偷偷来到阿古顿巴家，他告诉阿古顿巴说，益希已经秘密制作了两副完全一样的马鞍，一副马鞍下藏有毒刀，还用红线缠在马镫上做了记号，两副马鞍就放在益希的卧室中由他亲自看管着。

阿古顿巴听了扎西送来的机密消息表示万分感谢，并安慰他不用着急，请求他等到快要比赛时把马镫上的记号调换过来，千万不能让益希发觉。扎西受重托而去。

益希把他和阿古顿巴赛文比武的消息到处公布了出去，到了比赛之日，方圆一二百里的僧俗群众纷纷赶来观看热闹，阿古顿巴的穷朋友们都来为他助威，头人派兵警戒，纠察僧手持铁棒巡视，赛场如战场，气氛十分紧张。

这时，负责比赛的头人神态威严地宣布了文比和武比的规则，武比是赛马，终点设有哈达，先到者为赢家，不得半道退出，违者严惩不贷。

比赛开始后益希摇头晃脑地来到阿古顿巴面前问道："聪明的阿古顿巴，你今天从家到此共走了几步啊？"

阿古顿巴手指益希的眼睛说道："智慧的益希，我到此所迈出的步数和您到此处眨眼的次数一样，请问您从寺院到此处共眨了多少次眼呀？"

诡计多端的益希被问得哑口无语。这时他又提出了第二个问题，问道："机灵的阿古顿巴，我的这件宝衣共用了多少根丝线织成的，你能算得出来吗？"

阿古顿巴回答说："这个我当然能算得出来呀，不过我请你先把宝衣拆开后将丝线一根根捋好，我就能算清楚。"

益希张口结舌，脸色青一阵红一阵，羞得无地自容。阿古顿巴乘机问道："智慧的益希，请您回答我，您自出生到现在给佛叩过多少次头，念过多少遍嘛呢呀？”

阿古顿巴的问题使益希魂飞魄散，汗流浃背，如坠深渊，呆呆地站在那里一动不动。这时，围观的人们发出雷鸣般的笑声。这笑声响彻整个草原，也像一把锋利的匕首刺向头人老爷们的心窝。

狡诈的主持人见益希赢不了阿古顿巴，根本不提处罚的事，突然宣布开始比武。扎西的父亲端智悄悄告诉阿古顿巴，益希在马镫上缠有红线的马鞍已被扎西调换，请他放心。

阿古顿巴和益希来到马群选好了各自的坐骑，由提前指派的专职人员负责检验马匹和鞍张，将马镫上缠有红线的鞍子备在了阿古顿巴骑乘的马背上，然后把马分别交给了二人。益希看见阿古顿巴的马镫上缠有红线时，心中暗暗自喜，便毫无顾虑地骑了上去。

比赛开始了，随着响亮的号令声，阿古顿巴的坐骑腾空而起冲出起跑线，益希也紧随其后。不料，还没跑多远，“智者”益希从马背上掉了下来，伸开四肢僵死在了地上。

狗啃铜锅

在一座寺院中有许多熬茶的大锅，据说其中有口大锅是用几口大铜锅熔炼后铸造的，谁若喝了用此锅熬的茶，死后就会坠入地狱，但谁也不知道哪天会用此锅熬茶。为求死后不坠入地狱，来寺里念嘛呢的人们即使是口干舌燥也不敢喝一口水。如果有人不知此情偶然喝了此铜锅熬的茶水，寺中的喇嘛就要求你拿丰厚的供品到寺里祭祀禳灾，借此机会骗取钱财。

阿古顿巴对此恨之入骨，特意来到寺里说布施斋僧茶需要一口大铜锅去熬茶，喇嘛爽快地答应了他，就把曾用几口铜锅铸造的那口大铜锅借给了阿古顿巴。过了几天，阿古顿巴到寺里还锅时，故意站在寺院大门口喊道：“喂，我阿古顿巴来还铜锅啦！”这时，寺院的几条大狗猛扑过来咬阿古顿巴。阿古顿巴情急之下把大锅顶在头上保护自己。狗只是围着大锅狂吠，咬不到阿古顿巴。几个僧人跑过来撵走了狗，解了阿古顿巴的围。

当天晚上，烹茶僧就用阿古顿巴借用过的那口大铜锅熬茶，但无论倒多少水都会漏得一干二净，熬茶僧向主事喇嘛汇报后，主事喇嘛马上跑过来进行检查。喇嘛举起大锅一看，发现锅底有许多针尖大小的小孔，立刻派人把阿古顿巴找来。

阿古顿巴笑嘻嘻地走来，还没顾得上说句话就被喇嘛斥责道："快点偿还我们的锅，你还好意思嬉皮笑脸啊！"

"锅又不是我弄坏的，为什么要我赔偿呀！"阿古顿巴理直气壮地回答道。

"不是你又是谁呢？"喇嘛怒斥道。

"是寺中的狗咬的洞呗，不信你们自己看吧！"阿古顿巴说着从怀中取出一块包有铜屑的布交给了喇嘛。又说道："我来还锅时狗围着咬我，你们亲眼见到了。等你们把狗赶走后我从地上捡到了这些碎铜屑，你们大家仔细看看吧！"

喇嘛心想阿古顿巴的说法似乎不近情理，但也拿不出令人心服口服的证据，只好闭口无语。

大铜锅漏水的消息不翼而飞，传遍了四面八方。从此人们再也不担心喝了铜锅的茶会坠入地狱的事，喇嘛也从此失去了用铜锅熬茶骗术讹诈百姓钱财的机会。

宝贝铜锅

阿古顿巴有位穷朋友，名叫扎西。扎西家本来就很贫穷，自从老婆生下孩子后，家中所有能值点钱的东西都变卖精光，就连作为婴儿襁褓的一件破皮袄也被奸商端珠拿去顶了债务，从此，扎西成为家徒四壁、一无所有的赤贫户。

阿古顿巴见此悲惨情景忧心忡忡，但他自己也是个贫苦的人，想帮扎西夫妇，也是心有余而力不足。一天，他从扎西家出来，在返回的路上遇见了两个人，路过三岔路口时听见二人在议论商人端珠明天去拉萨经商的事。阿古顿巴心想报复端珠的机会来了，于是心情愉快地回家去了。

第二天，天刚蒙蒙亮，阿古顿巴就来到河边支起三叉锅灶，放好红光闪烁的铜锅，舀来清澈的河水，点火熬茶。

这时，端珠骑着大马远远走来。阿古顿巴立即灭了火，用沙土盖住了灰烬。当端珠来到三叉锅前时，阿古顿巴笑嘻嘻地说道："大财主，你辛苦了，快坐下来喝碗热茶吧。"

"好好好，我正渴得口干舌燥呢。"端珠下马坐在了三叉锅旁。阿古顿巴将准备好的清凉河水倒进铜锅里，锅内瞬间热气腾腾，然后放进茶叶，稍等片刻后舀了一碗茶端给了端珠。

端珠接过茶碗一边喝茶一边在想："真是奇怪呀，不用烧火茶是怎么开的呢？这只铜锅是何等神奇啊！"他很不理解地向阿古顿巴问道："阿古顿巴兄弟，你熬茶怎么不用柴火烧啊？"

阿古顿巴笑眯眯地回答道："大财主，这用不着大惊小怪，因为我的铜锅是个宝贝，但凡倒进冷水，水就会沸腾起来。"

端珠听了越觉得此物稀奇，心想自己若有这种宝锅该有多好，今后熬茶也好，煮饭也罢，实在太方便了，而且还可以用它熬茶卖钱获利。于是向阿古顿巴提出了用他的马换铜锅的想法，阿古顿巴没有答应。端珠又提出除了马再加一件羔皮袍换他的铜锅的条件，阿古顿巴才装作勉强的样子同意交换，不过他叮咛道："我本来确实不愿意放弃这个宝物，但看到你诚心要它我也于心不忍啊。你记住，你把冷水倒进铜锅后一定要拿木棍一边敲打锅口一边祝告‘铜锅快开，铜锅快开’，否则冷水不会沸腾哟！”

端珠听罢笑嘻嘻地说道：“谢谢你阿古顿巴兄弟，我记住了。”然后把马和羔皮袍交给了阿古顿巴，接过阿古顿巴的铜锅相互告别。阿古顿巴回家后把马和羔皮袍送给了扎西。

端珠得到了铜锅后放弃了去拉萨经商的计划，心满意足地返回家中，立即召集家人和亲戚朋友夸耀他的宝锅。他在院子里支起锅灶，锅里倒进冷水，一边用木棍敲打锅口，一边念叨“铜锅快开，铜锅快开”。但总不见从锅中冒出热气来，端珠以为是声音太小，便大声念道“铜锅快开呀！”但铜锅仍然毫无动静。又想是不是因为木棍敲击过轻所致，便用力敲打锅口，但还是不见热气冒出。火冒三丈的端珠在口念“铜锅快开”的同时用木棍猛力击打铜锅，只听“嘭”的一声，“宝贝”被击破裂，冷水漏了满地，气得端珠昏了过去。

究竟是谁之过

穷工匠才让为了给阿妈治病，向商人多杰借了二两银子。可是还没等才让阿妈病愈，多杰就像恶狼驱羊一样追上门来催债。才让母子因一时无钱偿还要求商人多杰宽限几天再还，多杰不仅不答应，还在临走时把才让家唯一的一头母牦牛强行牵走了。

当天夜里，才让的阿妈气得病情一下子加重了。临终时她对儿子说道："才让啊，你要为阿妈报仇啊！"

怎样才能报仇呢？才让想不出报仇的办法，便去向阿古顿巴求助。阿古顿巴问道："才让兄弟，请你节哀，你打算把阿妈水葬吗？"

才让回答道："这还需要问吗？当然要按照我们当地藏

族人的习俗水葬呀！”阿古顿巴说：“那就好办，我有报仇的好办法了。”他给才让详细讲述了如何向多杰报仇的办法。

第二天拂晓，才让按照阿古顿巴教他的办法找到他的朋友——多杰家的奴仆才多，嘱咐道：“才多兄弟，我的阿妈被多杰逼死了，阿妈临终前留下遗言要我报仇，我想好了报仇的办法，明天你不要让牛吃草料，后天一大早把牛赶到集市上来，到时我就有为阿妈报仇的良策。”才多痛快地答应了朋友的请求。

第三天早上，才让给阿妈的遗体穿上了衣服，并装了一背篓青草，背上阿妈的遗体和背篓来到了通往市场的一座桥上。上了桥后才让把阿妈的遗体靠在桥边腐朽的扶手上，遗体旁放下青草背篓，背篓绳拴在了阿妈遗体的肩膀上，远远看去像是一位老婆婆背着背篓在桥上休息。一切准备停当后，才让坐在一旁等待才多赶着多杰的牛上市场去出售。

当时正值六月天，天气暖和正是人们赶集的时间。才让在桥上没等多久，桥西路面上尘土飞扬，才多赶着驮有物资的驮牛浩浩荡荡地走来。多杰身着镶有狐皮边的红色缎袍，头戴印度帽，骑着高头大马，很威风地走上桥来，管家普巴也骑着高头大马紧随其后。

整整一天没有吃草料和饮水的牛群，走上桥来看见桥头扶手旁的青草背篓，一拥而上抢着吃背篓中的青草。就在七八头犏牛挤着抢吃青草的瞬间，朽木扶手被撞断，只听得一声巨响，才让的阿妈和背篓连同几头牛一齐掉进了河水中。

这时，才让抢上前去抓住了多杰的马笼头，要求多杰偿命。多杰亲眼看见了一个老婆婆被自家的牛撞到了河里，心里有点发慌，再听到才让说偿命时，心里更加害怕。但他自我安慰道："藏族的谚语说得好，'饥饿时施食，修行时给钱'，赔点钱不就完事了吗？"于是他让管家普巴留下来和才让商量赔钱的事，自己上集市去了。

普巴问才让给亡人赔多少钱合适，才让说："多了不要，少了不行，不多不少就白银一千两吧！"

普巴鄙视地说道："白银千两，哈哈，你的穷鬼阿妈能值一千两银子吗？"

才让气愤地说道："钱能买生命吗？不给一千两就还我的阿妈来呀！"

普巴清楚地知道，人死不能复活，死了就得付偿命钱，可觉得一千两太多，他不愿答应也不敢答应。他反问道："你要这么多银子干什么呀？"

才让回答："为了早日超度阿妈的灵魂归清净界，为儿要举行盛大的超荐仪轨啊！"

普巴说："即使是举行盛大的超荐仪轨也用不了这许多银子呀。"

才让回答："我要请千名得道的经师，点万盏神灯，千两银子还怕不够呢。"

普巴心想请千名得道的经师，点万盏神灯，举行如此盛大的诵经法事是需要一千两银子的。他对才让说："一千两银子我可以答应，但要请示我的主人，由他做最后决定才算数。"说完立即前往市场禀告商人多杰。多杰想了想对普巴说："银子可以如数付给才让，但你告诉他，假如不按他说的法事规模举行超荐仪轨，偿命钱必须返还回来。"

普巴把主人的决定告诉了才让，并要求他必须请个证人作证。才让请阿古顿巴做证人。

一切商量妥当后多杰对普巴吩咐道："从现在起停止出售茶叶和盐巴，因为才让举行超荐法事会聚集很多人，到时把茶和盐高价卖给才让，乘此良机我们就可以赚回比千两更多的银子！"

夏逝秋来，还不见才让举行超荐法事。原来，才让用偿命的千两白银从青海购买了大量茶和盐，自己留下少部分外，全部分给了穷苦百姓。

多杰久等不见才让办丧事，便想收回银两。多杰打发普巴找到才让恶狠狠地说道："才让，你不打算为你阿妈举行超荐法事，就把千两白银交还给多杰呀！"

才让回答道："管家大人，超荐亡灵仪轨不是早就举行过了吗？"

多杰听了普巴的汇报后大发雷霆，亲自上门对才让斥问道："才让，你何时请的千名得道经师诵经超荐亡灵的呀，这么大的事我怎么没有听说，更没有看见呢？你这是在骗人，赶快把银子还给我！"

才让回答说："大老板，我们不是早就说过了吗？所谓'千名得道经师'，就是邀请一名经师做完诵经仪式后空手（藏文'千'和'空'同音同字）回去；所谓'万盏神灯'就是说在陈列供神物品的供台（藏文'万'和'台'同音同字）点一盏神灯，这两件事我早就做过了，我的阿妈早就升到了清净界，你为啥才来问超荐的事啊？你若不信就请问问我的邻居们吧。"早就前来围观的群众纷纷出来作证，说这事他们从头到尾见证过了，异口同声地为才让和阿古顿巴做了证明，并指责多杰和普巴是无事生非。

多杰见群情激昂，又听到阿古顿巴的大名，气得全身发抖，差点晕过去，自认一千两白花花的银子打了水漂。回过头来大骂普巴是糊涂虫，口水溅了普巴满脸。普巴对多杰说道：“你自己同意赔偿银子，为什么要来指责我呢？这究竟是谁的过错啊！”

吃糌粑的佛像

阿古顿巴的邻居是个商人，名叫仓巴。仓巴是个贪财如命的家伙，常常是廉价收购高价出售，以赚取高额利润。他家里豢养了一个商业探子，成天到处打探哪里的物价便宜，哪里的货物可涨价，简直就是一只最先能嗅到粪味的苍蝇，村民和阿古顿巴对他俩恨之入骨。

有一年的夏天，邻村遭遇旱灾，庄稼颗粒未收，各地商家争先恐后地贩运粮食到那里去出售，赚到很大的利润。阿古顿巴瞅准机会来到商人仓巴家对仓巴说道："尊敬的先生，上师三宝给您带来了财运哦！"

仓巴把手搭在阿古顿巴的肩膀上笑哈哈地说道："你是报喜的喜鹊，可惜你报迟了，这个消息我早有耳闻，你今天才来告诉我实在是马后炮哟！”

阿古顿巴说道：“是吗？猴子怎么能和老虎相媲美呢？我阿古顿巴怎能和您比，不过您若愿意我也可以跟着您沾点光……”没等阿古顿巴把话说完，仓巴似乎看透了阿古顿巴的心事，说道：“阿古顿巴，好说好说，你快去做准备，明天天亮咱俩一块儿去贩运粮食，有钱大家赚嘛。”仓巴嘴上这么说，心中却另有打算。他之所以愿与阿古顿巴同去经商是想让阿古顿巴成为多干活而无须付工钱的雇工。

等阿古顿巴回去后，仓巴却后悔起来，不该答应与他同去经商，因为阿古顿巴家贫如洗，拿什么东西去出售啊？到头来只有沾自己的光。可是男子汉说出的话就像滴到地上的眼泪无法收回呀！想来想去他决定到阿古顿巴家去考察一下，看看阿古顿巴是不是在做贩运粮食的准备。当他来到阿古顿巴家门前时看到烟囱里冒着浓烟，一股炒青稞的味道扑鼻而来，这才放心地返回了家。

可他哪里知道，实际上阿古顿巴不是在炒青稞，而是在灶内烧树叶，发出了噼噼啪啪的响声。到了晚上，阿古顿巴装了满满一褡裢灶灰当作糌粑，羊肚内塞了几块土块当作酥油。

第二天早上，阿古顿巴和仓巴各自背着糌粑和酥油出发。由于山道弯曲不平，路途又远，当天到不了目的地。当夕阳西下时来到了一座寺庙，二人商量就在这里凑合一夜，明天一早赶路。

寺内有许多佛像，他俩又饥又渴无心礼佛，急着烧火熬茶吃糌粑。临睡觉前，阿古顿巴对仓巴说："大财主，咱俩来到寺庙不祭神拜佛会遭罪的，现在应当虔诚皈依三宝祈求保佑才对呀。"

仓巴立刻表示赞同，说道："阿古顿巴，你提醒的好，确实提醒的好啊！只要赚到钱叩头祈祷是应该的哟。"

说着便双膝跪地叩头，嘴里不停地念诵嘛呢，祈求神佛保佑生意兴盛。然后二人睡在了塑像身边。

阿古顿巴装睡，等到仓巴熟睡后悄悄爬起来，把自己褡裢里的灶灰倒出来换成仓巴褡裢里的糌粑，又把羊肚中的土块换成仓巴的酥油。最后他拿少许糌粑和酥油涂抹在寺庙中所有塑像的嘴上，把仓巴的空褡裢挂在护法神像伸出的手臂上，塑像脚下撒了些糌粑。一切安排停当后睡在了仓巴旁边。

第二天天亮以后，仓巴睁开眼睛一看，发现自己的东西全不见了，急得他出了一身冷汗，对着正在酣睡的阿古顿巴喊道："伙计，快醒醒，赶快起来，不好啦，我的东西全不见了啊！”

阿古顿巴起来伸伸懒腰半睁着眼问道：“大财主，发生什么事了呀，您是不是在做梦啊？”

仓巴回答说：“眼睛睁得大大的做什么梦嘛，你睁大眼睛看看吧，我的糌粑和酥油全不见了呀！”

阿古顿巴憨态可掬地说道：“在神圣的寺庙里怎么会丢东西呢？您是不是忘记放在什么地方了呀？”他俩找了老半天也不见糌粑和酥油的踪影，仓巴爬在佛像前叩头如捣蒜，嘴里不停地祷告神佛显灵告诉糌粑和酥油在哪里。

阿古顿巴说道：“嗨，聪明的大财主，您犯糊涂了，您抬起头来看看！”阿古顿巴指着护法神像说：“由于您对神佛的虔诚敬仰，糌粑和酥油都被佛像吃掉了，我向您表示衷心的祝贺！”

仓巴站起来走到佛像前仔细观察，发现所有佛像的嘴唇油乎乎的，自己的空褡裢挂在护法神像的手臂上。阿古顿巴不失时机地对仓巴说道：“大财主，您来看，佛像吃多了没消化都拉在了这里。”仓巴过去一看发现佛像身下全是粪便，他对此似信非信，但也找不出不信的理由和证据来，随口说道：“这可能是自己没有向佛像虔诚祈祷和奉献供品的缘故吧。”

阿古顿巴说道："对呀，我俩昨晚没有上供，所以佛像自己吃了糌粑和酥油。"仓巴心如刀绞，气愤地说："好吧，这次算我吃亏倒霉，总有一天我要把这些佛像全部拿出去卖了！"于是仓巴只好放弃这次出门经商的计划，垂头丧气地打道回府了。

分配烧饼

阿古顿巴在去拉萨的路上遇见了四位商人，于是他们五人结伴一同前往，一路同吃同住，很是“团结友善”。阿古顿巴是个诚实可靠的人，沿途将自己的糌粑和酥油分给大家吃。不久糌粑褡裢底朝天，酥油一点也不剩，其他四个人见此情况都不愿把自己的酥油和糌粑拿出来分给大家。阿古顿巴建议谁的褡裢里糌粑多就分给大家吃。可是吝啬的四位商人都说自己皮口袋里的糌粑所剩无几，但同意谁剩的多就吃谁的。当每个人打开皮口袋时，除了一个烧饼之外并无糌粑。阿古顿巴故意犯难地说：“四张饼子五个人吃，怎么分配合适呢？”

四位商人眼睛直直地看着阿古顿巴不出声，阿古顿巴看出商人们的心思，便问道："你们想把大饼分成五份呢还是分成两份呀？"

商人们心想若把饼分为五份自己只能分到五分之一，若分为两份自己便能分到二分之一,五分之一和二分之一相比，那当然是二分之一划算。因此告诉阿古顿巴愿意分为两份儿。

阿古顿巴遵从大家的意见把四个烧饼分成了八份，四个商人每人一份，阿古顿巴分得四份。这时，商人们才恍然大悟，说道："阿古顿巴，饼子分法不对呀！"阿古顿巴说："怎么不对呢？"商人异口同声地说："你分多了啊！"

阿古顿巴说："分配饼子时你们只从自己的饼子考虑，认为分成两份比分为五份占便宜，所以我的份子都是你们分的呀！"大家听了无话可说。

熬皮胶

阿古顿巴爬雪山过草地，千里迢迢来到了拉萨。刚到拉萨就幸遇老乡格勒，他来拉萨经商时日已久，在拉萨遇见老乡感到格外亲切，真是老乡见老乡两眼泪汪汪。格勒紧握阿古顿巴的双手问道："阿古顿巴老弟，你怎么有空来拉萨呀？"

阿古顿巴回答道："无甚大事，就是专程来买些能做靴子的牛皮。"

格勒一听是专程来买牛皮的，心想有利可图，便对阿古顿巴说道："阿古顿巴兄弟，买牛皮不必去找上家了，就买我存的牛皮吧，我有最好的牛皮。"

阿古顿巴问道："是湿牛皮还是干牛皮呀？"

格勒回答道："怎么会是湿牛皮呢，用我的干牛皮做成鼓可以听得到从喜马拉雅山传来的回音。"于是领着阿古顿巴来到家中拿出牛皮给阿古顿巴检验。阿古顿巴一看牛皮根本不是格勒所说的最好的牛皮，不能用它做皮靴。阿古顿巴对格勒说："格勒对不起哦，你的这些牛皮质量太差，根本不是你刚才所说的那么好，我不能要啊。"

格勒翻脸说道："阿古顿巴，你已经答应要买我的牛皮，今天你买也得买，不买也得买，不买就别想走出我的家门！"

阿古顿巴心想今天可是遇上了无赖之徒，马上改口说道："格勒，开个玩笑嘛，你还当真了呀！"说着手伸进钱袋装作取钱的样子，突然大声喊道："遭了，我的钱丢了！"

格勒听了大失所望，想着到了嘴边的酥油突然化了，心情沮丧地望着阿古顿巴说不出话来。阿古顿巴马上安慰道："朋友不必灰心，我阿古顿巴是个鞋匠，我把你的牛皮全部做成靴子拿到拉萨市场上去卖，全部收入的十分之八给你，我只拿十分之二，你看合适吗？"

格勒一听有利可图，便满口答应下来。然而，阿古顿巴心想，靴子不是给自己做的，也不是为朋友做的，靴子钱绝大部分还要交给这个坏蛋，所以，他故意拖延时间做出一双质量较差的靴子，叫上格勒一同上街去卖。这样的靴子根本无人问津，格勒拉着脸很不高兴。阿古顿巴说：“格勒，我看不要紧，靴子卖不掉皮子在嘛，最近市场上紧缺缝制衣服的顶针，我们把靴子和皮张做成皮制顶针去卖，肯定能赚钱。”可是，顶针还是一个也卖不出去。阿古顿巴又对格勒说：“朋友，现在所有牛皮都割成了碎块，什么也做不成了，我们把它熬成皮胶卖好吗？”

格勒毫无良策，只好同意熬胶。皮胶熬好后阿古顿巴故意问格勒：“胶浓稠些好卖呢还是稀淡些好卖呀？”格勒看到锅里漂浮在上面薄薄的一层清清的像水一样，根本粘不住东西，便从锅底舀出浓稠的皮胶拿到市场上去出售，人们不仅不买而且嫌弃道：“这哪里是皮胶啊，简直就是胶渣嘛。”格勒听了人们的指责便灰溜溜地回家去了。